그때, 나는…

그때, 나는…

生의 순간들을 기록하다

콜라보
에세이
1

윤순환 글 · 민송아 그림

이불

달려 보지 않고 자신이 얼마나 멀리 뛸 수 있는 지 알 수 없고, 부 딪쳐 보지 않고 자신이 얼마나 단단한 지 확인할 수 없으며, 시험 대에 오르지 않고서는 자신이 얼마짜리인 지 가늠할 수 없습니 다. 자신을 알아야 뭔가를 할 수 있는 것이 아니라, 뭔가를 해봐 야만 자신을 알 수가 있습니다. 삶이 앎인듯합니다.

아버지의 아들로 뭣 모르고 태어나 아들을 낳고서야 한 사람 의 아버지로 철들어가면서, 신문 기자로서 살인범에서 재벌총수 까지 접해보면서, 엔터테인먼트 업계에서 성취의 기쁨과 '갑'의 횡포를 함께 겪으면서 알게 된 것들이 있습니다. 내가 믿었던 세 상은 자주 나를 모른 척했고, 내가 미처 몰랐던 나와는 더 자주 마주치게 됐습니다.

사람들은 나를 프로필 몇 줄로 판단하려고 하지만, 그것은 나의 일부에 불과하거나 어쩌면 내 실체와는 무관한 것일 지도 모릅니다. 겉으로 보이는 내 모습과는 다른, 고개를 떨군 채 눈물 흘리는 '나'가 많았습니다. 그 고통 속에서 나는 외로웠고, 그 축복 속에서 나는 깨닫기도 했습니다.

여기 있는 글들은 맹수들에 둘러싸인 채 자기 자신과 사투를 벌여야 했던 한 남자의 일기장입니다. 그 싸움 속에서 상처를 입고 좌절도 맛보았지만 자기 자신을 이겨내고 있는 한 인간의 투쟁기입니다. 오늘도 생활의 전선에서, 꿈의 전장에서, 고독과 갈망의 틈바구니에서 몸부림치고 있는 분들과 내 이야기를 나누고 싶습니다.

끝으로 나를 낳아주시고, 지금도 나를 살리고 계신, 돌아가신 아버지께 이 책을 바칩니다.

윤순환

차 례

가치

내가 무가치하다고 느낄 때

"나는 무가치해."

당신은 가끔, 어쩌면 자주 이렇게 생각할 지도 모릅니다. 저도 그렇습니다. 내가 가치 있다고 느꼈던 순간은 기억도 잘 안나고 툭하면 무가치하다는 느낌에 사로잡힙니다. 그럴 때면 내가 싫어지고 세상은 미워집니다. 모든 게 끝난 것 같고 모든 걸 끝내고 싶어지기도 합니다.

그런데⋯ 당신이 무가치하다고 느낀다고 해서 실제로 무가치한 것은 아닙니다. 오히려 자신을 무가치하다고 느끼기 때문에 무가치하지 않다고 말할 수 있습니다. 무가치함을 느끼는 거기에 가치 있고자 하는 당신이, 바꿔 말해 당신의 가치가 숨어 있기 때문입니다. 자신의 무가치함에 진저리를 치는 만큼, 적어도 그 만큼은 당신의 가치가 남아 있다고도 말할 수 있습니다. 이것은 역설逆說입니다.

정말로 무가치한 사람은 스스로를 무가치하다고 생각하지 않습니다. 쓰레기는 가치에 대해 생각조차 하지 않기 때문에 쓰레기인 것입니다.

그러니 무가치하다는 느낌이 들 때 자신이 가치 있는 존재라고 믿어보면 어떨까요? 만약 믿지 못하겠으면 자신의 그런 판단도 믿지 마세요. 대신, 길을 떠나 보는 겁니다. 자신을 위한 순례자가 되어 '산티아고로 가는 길'을 걷듯이 말입니다. 얼마나 멀리 갈 수 있을 지 미리 걱정하지 말고, 갈 때까지 가 보는 겁니다. 또는 고독한 광부가 되어 남들도 버리고 자신마저 버리고 싶은 폐광을 파보는 것입니다. 불안해 하지 말고, 막장까지 내려가 보는 겁니다.

설령 그 길을 완주하지 못하더라도, 그 곳에서 만족할만한 것을 파내지 못하더라도, 그 과정에서 자신이 가치 있음을 발견하게 될 지도 모릅니다. 결국 중요한 것은 자신의 가치가 아니라, 가치를 찾는 자신일 테니까요.

삽질

삽질을 해 왔습니다. 어처구니없게도 삽질인 줄도 몰랐습니다.
심지어 내 손에 들린 것이 삽이라는 것도 나중에야 알았습니다.
그런데 이번이 처음이 아닙니다. 삽질을 하려고 한 게 아닌데 삽
질을 하고 있는 나를 발견하는 것은 이젠 놀랍지도 않습니다. 다
만 두려울 뿐입니다. 지금까지의 내 삶이 삽질이듯이 앞으로의
인생도 삽질이 될 것 같아 불안하기까지 합니다.

그런데 어떻게 나를 믿을 수 있단 말입니까?

그러니 자신을 믿지 마세요. 자신을 믿으라는 광고 문구는
돈을 벌기 위한 감언이설이거나, 누구도 그 결과를 책임지지 않
는 부도수표 같은 것입니다. 그러니 믿지 마세요. 남의 신神도 믿
지 말고 나의 땀도 믿지 마세요. 신은 나를 사랑하지 않고 땀도
내게 정직하지 않으니까요.

나 자신을 믿을 이유가 없는 것처럼 나 자신을 믿을 필요도

없을 지 몰라요. 믿을 수 없는 자신을 믿었을 때 돌아오는 것은 믿는 친구에게 배신당했을 때 보다 훨씬 깊은 상처와 그 상처보다 더 아픈 후회일 것입니다. 믿음은 믿을 수 없을 만큼 배신에 능하기 때문이죠.

자신을 믿으려고 발버둥칠 바에는 믿을 수 없는 자신과 싸우는 것이 나은 것 같아요. 혹시라도 믿을 수 없는 자신을 믿을 수 있는 방법이 있다면, 그것은 자신과 싸우는 것입니다. 왜냐하면 자신과 싸워 이긴 자신에게는 믿음이 생길 지도 모르니까요.

우리에게 자신은 믿음의 대상이 아니라, 투쟁의 상대가 되어야 할 것입니다.

희 망

희 망 이 없 다 고 느 낄 때

희망希望은 원래 희미稀微한 것입니다. 절망絶望이 항상 분명分明하 15
듯이 말이죠.

때문에 희망이 분명하길 바라는 것은, 절망이 희미하길 바라
는 것처럼, 희망 없는 짓입니다.

그러니 희망에게 희망을 갖지 않는 게 좋을 것 같습니다. 다
들 희망찬 미래를 말하지만, 희망'찬'이란 없는 것 같아요. 희망
이 차 있는 경우는 예외이거나 기대일 뿐입니다. 있다면 희망'스
러운' 것이, 희미한 어떤 것이 있을 따름이겠죠. .

절망에게 절망하지도 말아야겠습니다. 절망스럽다고들 말하
는데, 절망'스러운' 것은 없는 것 같아요. 절망'찬'이 있을 뿐이겠
죠. 절망은 늘 압도적인 현실로만 존재하니까요.

희망은 희미하고, 절망은 분명한 것이 디폴트default일 것입니
다. 고정 값 말이에요. 희망은 그 희미함으로 언제나 우리를 절망

시킨다는 것을 받아들일 때에만 희망을 놓치지 않을 수 있을 것입니다. 그것을 희망법希望法이라 부를 수 있을 것입니다.

삶과 죽음

삶을 벗어나 죽고 싶을 때

내가 죽고 싶다고 했을 때, 누구 하나 눈썹조차 까딱하지 않았습

니다. 믿기 힘들겠지만 그랬습니다. 그러자 나한테 화난 것보다 그들에게 더 화가 났습니다. 나한테 절망해서 죽고 싶었지만 이제는 그들을 저주하면서 죽고 싶었습니다. 그런데 그들 때문에 내가 정말로 죽고 싶어진 것이 기분 나빴습니다. 순간, 나 때문에 내가 죽는다는 것도 이상하게 느껴졌습니다. 오기가 발동한 것이었는지, 제 정신이 아니었는지는 잘 모르겠습니다.

"죽고 싶은 것은 나다. 나 때문에 내가 죽고 싶은 것인데, 왜 나 때문에 내가 죽어야 한단 말인가? 그들 때문에 내가 죽는 것과 나 때문에 내가 죽는 것이 본질적으로 무엇이 다르단 말인가? 그들 때문에 내가 죽을 필요가 없듯이 나 때문에 내가 죽을 필요도 없는 것이 아닐까?" 엉뚱한 생각들이 꼬리에 꼬리를 물었고 머릿속은 혼란스러웠습니다.

시간이 흐르자, 흙탕물의 흙이 가라앉고 물이 맑아지듯이 뭔가가 분명해지기 시작했습니다.

내가 죽이려고 했던 것은 사실 '나'가 아니었습니다. 그것은 내 생명이었습니다. 내 생명과 나는 한 몸이지만 그 둘이 같은 것은 아님을 알게 되었습니다.

내가 나를 죽이는 것은 내 생명을 죽이는 것일 뿐입니다. 내 생명을 죽이는 것이 나를 죽이는 것 같지만, 깊게 생각해보면 나는 죽지 않습니다. 나를 죽이는 순간, 나는 그 상태로 고착될 뿐입니다. 오래 전에 헤어진 첫 사랑이 내게는 그 때 그 모습으로 있듯이, 갑자기 돌아가신 아버지가 거실 사진 속의 모습으로 내게 남아있듯이 말입니다.

"죽어야 할 것은 내 생명이 아니라 내 생명을 죽이려고 하는 나구나. 아, 지금의 나를 죽여야 하는구나."

지금의 나를 죽이는 것은 마음 먹기에 달린 것일 수 있습니다. 전원을 껐다 켜는 것처럼 리부트reboot하는 것 말이죠. 옛날의 나를 끄고, 새로운 나를 켜는 것입니다. 그러면 다른 '나'가 불을 밝힐 지도 모릅니다. 그러니 엉뚱한 나를 죽이지 말고, 죽여야 할 나를 죽여야 합니다.

나란 존재

아무래도 나 자신을 알 수 없을 때

나는 나를 기억하지 못합니다. 사실입니다. 내가 누군지를 모르는 것은 내가 누구였는지를 기억하지 못하기 때문입니다. 이것도 사실입니다.

나는 잠들었을 때의 나를 기억할 수가 없습니다. 잠이 들었을 때 내가 무엇을 했는지, 무슨 꿈을 꾸었는지 나는 거의 알 수가 없습니다. 잠 들었을 때만이 아닙니다. 어제 낮 시간만 해도 그렇습니다. 많은 장면들이 떠오르지만 그 장면들은 낮 시간 전체 분량의 일부일 뿐입니다. 섬광 같이 타올랐던 어떤 감정을, 순간적이었던 천재적인 생각을 기억해내는 것은 사실상 불가능합니다. 내 기억은 만취했을 때 끊어지는 필름과 비슷하다고 할 수 있습니다. 그래서 내가 기억하는 나보다, 내가 기억하지 못하는 내가 더 많은 법입니다.

게다가 기억은, 나쁜 것들을 더 잘 기억하는, 나쁜 버릇이 있습니다. 그 버릇은, 그래야만 나쁜 일의 재발을 막을 수 있다고 여기는 생명의 불안 때문에 생겨난 것이겠죠. 그렇기 때문에 내가 기억하지 못하는 나에 대한 기억은 나쁘지 않은 것일 가능성이 높습니다.

기억이 기억하지 못하는 '나'가 있다는 것을, 기억이 기억하지 않는 '좋은 나'가 있다는 것을 기억해야 합니다. 그러니 당신이 기억하는 당신을 믿지 마세요. 기억은 믿지 못해도 망각은 믿어도 됩니다. 당신이 당신에 대한 기억의 속박에서 자유로워질 수 있다면, 당신은 당신 이상으로 용감해질 수 있을 것입니다. 기억 속의 당신이 아니라, 망각 속의 당신이 진짜 당신일 수 있으니까요.

구원

지 푸 라 기 밖 에 보 이 지 않 을 때

독일의 신학자 디트리히 본 회퍼의 말대로, 구원은 불이 난 고층
빌딩에서 옥상까지 내몰렸을 때 상공의 헬리콥터에서 내려오는
동아줄 같은 것이 아닙니다. 구원은 지푸라기를 잡는 것입니다.
물에 빠졌을 때 지푸라기를 잡는 것을 헛되다고 하지만, 제 생각
에는 지푸라기라도 잡지 않는 것이 헛된 것 같습니다.

　자신을 구원하는 것은 골방에 내버려뒀던 지푸라기들을 모
아서 돌아다닐 짚신을 삼는 것이고, 비와 추위를 막아줄 짚 우장
雨裝을 만드는 것입니다. 그 지푸라기들로 밧줄을 엮어 꼬르륵 소
리가 나는 허기진 배를 질끈 동여매는 것이고, 팽팽히 꼬아진 밧
줄을 챙겨 들고 골방을 나서는 것입니다.

　내게 남은 것이라곤 지푸라기 밖에 없을 때야 말로 내가 나
자신을 구원할 수 있는 때입니다. 그 전에는 내게 남은 것들이 있
어서 나는 그것들로부터 구원을 받으려고 했습니다. 지금 내게

는 지푸라기 밖에 없지만 지푸라기라도 있는 것입니다.

지푸라기라도 잡는 심정이 구원의 시작이고 그것을 엮는 것이 구원의 길입니다. 지푸라기가 하찮은 것이 아니라, 지푸라기를 하찮게 여기는 자신이 하찮을 지도 모릅니다.

삶의 무게

그 무게로 허리가 휘어질 때

가벼워서 뜨는 것도 아니고, 무거워서 가라앉는 것도 아닙니다.

수 백 톤의 비행기가 뜨는 것은 바람이 뒤에서 밀어줘서가 아니라 앞에서 바람을 맞기 때문입니다. 공기는 비행기에 저항하지만 비행기는 그 저항을 받아들입니다. 비행기는 자신이 뜨기 힘들다는 것을 알고는 날개를 활짝 편 채 죽어라 내달립니다. 무겁다는 것은 뜨지 못하는 이유가 될 수 없습니다.

수십 만 톤의 배가 가라앉지 않는 것은 물이 저항하기 때문이고 배가 그 저항을 온 몸으로 받아들이기 때문입니다. 물은 배를 밀어내려고 하지만 배는 물과 붙어 있으려고 합니다. 배는 자신이 가라앉을 수 있다는 것을 알고는 납작 엎드리고 비울 수 있는 만큼 자신을 비웁니다. 무겁다는 것은 가라앉는 핑계가 될 수 없습니다.

결국 운명을 결정하는 것은 무게가 아닐 것입니다. 바람에 자신을 맡기고, 물에 자신을 던질 수 있느냐 일 것입니다. 무게에 기죽지 않고, 저항에 겁먹지 않을 수 있느냐 일 것입니다.

책임

책임 때문에 옴짝 달싹 못할 때

대부분의 경우, 책임은 무겁고 꿈은 멉니다. 물론 가벼운 책임도 있겠고 가까운 꿈도 있을 것입니다. 하지만 제가 말하고 싶은 것은 그런 책임, 그런 꿈이 아닙니다. 연을 끊고 싶을 정도로 징그러운 가족과 다르지 않은 책임, 가질 수 없어서 자위만 하게 만드는 핀업 걸pinup girl과 다르지 않은 꿈 말입니다.

자폐 아들을 돌보고 치매에 걸린 시어머니를 수발하면서 자신은 가질 수 없는 백화百貨에 둘러싸인 채, 값싼 노동력을 팔아야 하는 비정규 매장 직원의 책임은 책임이라기 보다는 질곡이라고 할 수 있습니다. 가난하게 태어나고 불행하게 자라, 못 배우고 못 난 시급 알바가 언젠가는 자신의 가게를 차리겠다는 꿈은 꿈이라기 보다는 몽상에 가까울 것입니다. 사업을 말아먹고 파산 직전에 놓인 남자가 그 동안 진 빚과 그 빚보다 더 한 빚인 가족은 질곡이고, 돈도 없고 돈을 대겠다는 사람도 없는 상태에서 자

신을 믿으며 세상이 놀랄만한 일을 해내겠다는 것은 몽상일 수 있습니다. 책임에 짓눌린 현실은 우울하고, 꿈처럼 아득한 이상은 우습기까지 합니다. 하지만 세상사가 그렇게 단순하지는 않습니다.

책임은, 쪽배에 과적된 짐처럼 무겁지만, 태풍에도 나를 뒤집히지 않게 해주는 철의 닻일 수가 있습니다. 꿈은, 속이 텅 빈 풍선처럼 가볍지만, 사슬에 얽매인 나를 날아오르게 하는 기적의 날개가 될 수도 있습니다. 항상 그렇지는 않겠지만 그럴 수 있습니다.

세상이 나에게 부당한 책임을 지우는 것은 욕 나오는 일이지만, 내게 지워진 책임을 마다하지 않는 것은 내 자유입니다. 세상이 꿈조차 꿀 수 없게 나빠지는 것은 화나는 일이지만, 그럼에도 불구하고 꿈을 포기하지 않는 것은 내 의지입니다.

비유컨대 꿈은 나의 키를 잴 수 있는 신장계고, 책임은 나의 무게를 달 수 있는 체중계라고 할 수 있습니다. 내가 책임지는 만큼이 내 인생의 크기고, 내가 꿈꾸는 만큼이 내 인생의 한계라고 할 수 있습니다. 결국 책임을 지다가 지쳐서 자유로운 죽음을 택할 수도 있고, 꿈을 이루지 못한 채 원치 않았던 삶을 살아갈 수도 있을 것입니다. 항상 그렇지는 않겠지만 그럴 수 있습니다.

말은 이렇게 하지만, 나는 책임으로부터 도망치고 싶은 충동과 꿈을 포기하고 싶은 유혹에 시달려왔습니다. 그런데 놀랍게도 나를 도망치지 못하게 한 것이 그 책임이었고, 포기하지 못하게 한 것도 그 꿈이었습니다. 책임과 꿈은 나를 찢어놓을 듯한 원심력만 지니고 있는 것이 아니라, 원심력을 상쇄할 정도의 구심력도 갖고 있음을 알게 됐습니다. 그래서 이렇게 생각하게 됐습니다. 책임은 나의 힘이고, 꿈은 나에 대한 책임이다.

글쓰기

불행과 대면해야 할 때

제가 글을 쓰는 것은 살기 위해서입니다. 믿기 힘들지도 모르겠지만 정말입니다. 먹고 살기 위해서가 아니라 살아남기 위해서입니다. 조치훈 9단은 "목숨을 걸고 바둑을 둔다"고 했지만, 저는 목숨이 걸려 있어서 글을 씁니다. 리처드 브랜슨 버진그룹 회장은 "돈을 벌기 위해 일한 적은 없다"고 했지만, 저는 글을 쓰기 위해 글을 쓴 적이 없습니다.

슬픔이 쓰나미처럼 밀려오면 저는 하염없이 휩쓸려갑니다. 방법이 없습니다. 한참을 허우적거리다 보면 제 생명이 저도 모르게 그 슬픔에 대해 생각을 하고 있습니다. 도대체 무슨 일이 벌어진 거지? 앞으로 무슨 일이 벌어지게 될까?

슬픔의 파고가 잦아들 때쯤, 저는 그 슬픔에 대해 뭔가를 알아채기 시작합니다. 제가 글을 쓰기 시작하는 것은 이 때입니다. 남들에게 보여주기 위해서가 아니라 비밀일기를 쓰듯 글을 쓰게

됩니다. 어쩌면 제가 글을 쓴다기보다는 슬픔이 제게 하는 얘기를 받아쓰는 것이라고 할 수도 있습니다. 그러다 보면 저는 슬픔의 실체를 조금씩 알아가게 됩니다.

슬픔이든, 분노든, 좌절이든, 주로 '안 좋은 것들'이 생길 때면 제 생명은 그것들과 대담을 나눕니다. 분탕질치는 난폭자들에게 차를 건네기도 하고 술을 권하기도 하면서 대화하려고 합니다. 저는 대담의 기록자이자 제 멋대로인 해설자입니다. 어쨌든 그것은 제 생명이 '안 좋은 것들'을 대하는 방식이고, 글쓰기는 '안 좋은 것들'과 씨름하는 저의 몸부림입니다.

제가 글을 쓰는 것은 등을 돌리지 않고 불운에 직면하는 것이고, 고개를 돌리지 않고 불행을 직시하는 것입니다. 비유하자면 지옥이 글을 쓰게 하고, 글은 지옥을 벗어나는 것입니다. 글쓰기는 그 도구道具이거나, 그 자체로 구도求道입니다. 만약 제가 글을 쓰지 않았다면 저는 이미 '안 좋은 것들'에 빠져 죽었을 지도 모릅니다.

제게는 글쓰기가 그러하듯 사람들은 저마다 불운과 대담하는 방법이 있을 것입니다. 할머니는 허리를 펴지도 못하지만 천둥번개가 칠 때 마다 밭에 나가서 일을 했습니다. 할머니는 그 밭일로 난봉꾼 할아버지를 만난 불운과 대담을 해왔는지도 모릅니다. 어머니는 끊임없이 기도함으로써 남편의 때 이른 죽음과 아들의 불효라는 불행과 대화하고 당신의 생명을 지켜왔던 것 같습니다. 술이나 마약, 섹스를 통해 불운을 잊으려는 시도는 대부분 실패로 끝나겠지만, 외부의 무엇에 의존하지 않고 불행과 대담하는 것은 자신을 구할 수도 있을 것입니다.

내일도 제게는 불운이 닥칠 것이고 제 생명은 그 불행과 대담을 나눌 것입니다. 저는 글을 쓸 것이고 글이 저를 살릴 것입니다. 당신도 나처럼 무엇을 할 것이고 그 무엇이 당신을 살릴 것입니다.

최선

최선을 다하지 못했다고 후회할 때

최선을 다하는 것이 어려운 게 아니라, 최선을 다한다는 말이 어려운 것 같습니다.

시험이 일주일 앞으로 다가왔을 때 최선을 다한다는 것은 어디까지 한다는 것일까요? 잠을 얼마나 자지 않아야 최선을 다하는 것이고, 얼마를 자면 최선을 다하지 않는 것일까요? 패배가 확실해 보이는 전투에서 죽음을 무릅쓰고 전선을 사수하는 것이 최선일까요? 아니면, 부대원들의 목숨을 지키고 이보 전진하기 위해 일보 후퇴하는 것이 최선일까요? 무리하면 최선을 다하는 것이고 순리를 따르면 최선을 다하지 않는 것일까요? 사람들은 최선이라는 말을 즐겨 쓰지만 제게는 그 말만큼 난해한 말도 없습니다.

최선最善은 결승선 같은 어떤 선線을 뜻할 수 있습니다. 그 선에 다다르는 것이 최선을 다하는 것 말입니다. 그런데 그 선은 우리가 다가가면 뒷걸음질 치는 움직이는 선입니다. 가만히 있으면, 오라고 손짓하는 유혹의 선이기도 합니다. 우리는 선을 긋고 싶지만 그 선은 그을 수가 없습니다.

최선을 목표로 삼는 것은 자유지만 그것은 우리를 부자유하게 합니다. 최선에 얽매여 무리수를 두게 하고 최선을 다하지 못했다는 끝없는 자책에 사로잡히게 합니다. 기껏해야 차선이라는 말로 자위하는 처량한 신세로 전락하게 만듭니다. 최선은 우리를 분발시키는 사탕발림이거나, 우리를 고문하는 악질형사 같은 존재입니다.

알고 보면 최선만 없는 것도 아닙니다. 최악이라는 것도 없는 것 같습니다. 우리가 최악이라고 말하는 것은 엄밀히 말하면 '지금까지의 최악'일 뿐입니다. 진짜 '최'악은 아닙니다. 우리가 최악이라고 생각하는 것이 나중에 최악이 아닌 것으로 밝혀지듯, 우리가 최선이라고 생각하는 것도 최선으로 인정받지 못합니다.

그러니 최선에 집착할 필요가 없습니다. 우리에게는 최선과 다르게 현실적일 뿐만 아니라 최선보다 더 좋은 말이 있습니다. 열심熱心 말입니다. 심장에 열이 나면 그걸로 족합니다. 최선을 다하라는 이상한 말은 듣지도 말고, 그 말 때문에 괴로워할 필요도 없습니다.

완벽이 신의 것이듯, 최선도 우리의 것이 아닙니다. 인간 세상에 완벽이 없듯이 최선도 없는 것인데 그 말에 굳이 구애 받을 필요가 있을까요?

외로움

외롭다고 느낄 때

외로움은 혼자 일 때 찾아오는 것이 아니라, 혼자라고 느낄 때 몰려옵니다. 여럿과 함께 있을 때도 외로울 수 있고, 혼자 있을 때도 외롭지 않을 수 있기 때문입니다.

우리는 무료함을 외로움으로 과장하기도 하고, 혼자 남아 있는 것을 외로움으로 포장하기도 합니다. 그건 외로움이 아닐 것입니다. 또한 무리 짓기의 타성에 빠져서 같이 있으면 외롭지 않다고 흡족해하기도 합니다. 그것이 외로움이 아닌 것도 아닙니다.

외로움은 내가 무시하든, 남이 무시하든 무시와 관련이 있습니다. 내가 남을 무시해서 그들과 어울리지 않을 때도 외롭고, 남들이 나를 무시해서 나와 상대하지 않을 때도 외롭습니다. 우리는 자신이 만든 외로움은 고독이라고 부르며 견뎌 보려고 합니다. 하지만 타인에 의한 외로움은 견딜 수 없어 합니다. 아무도 없는 밤바다에서 물에 빠져 허우적거릴 때는 외롭다기 보다는 겁이 납니다. 사람들로 북적대는 해변에서 물에 빠졌는데 아무도 모르고 있을 때는 무섭기 보다는 외로워집니다. 외로움은 그렇게 외부(무리)로부터 오는 것 같습니다. 외로움은 무리로부터 버림받을 지 모른다는 생각을 먹고 자라고, 그들에 의해 버림받았다는 느낌에 의해 완성됩니다. 그런데 곰곰이 생각해보면 외로움은 내가 만드는 것입니다. 외로움이 '무리'로부터 오는 것이 아니라 무리에 대한 '기대와 집착'으로부터 오는 것이기 때문입니다.

그럼, 무리에 대한 기대와 집착은 어디서 비롯되는 것일까요? 그것은 개인의 불완전함 때문에 생겨나는 것 같지만, 그 불완전함을 이기지 못하는 자아의 불안 때문이라고 말하는 것이 맞을 것입니다. 젖먹이 어린이가 어머니에게 집착하는 것은 그가 불완전한 것 이상으로 불안해 하기 때문입니다. 그가 자라서 어머니로부터 독립하는 것은 그가 완전해져서가 아니라 불안해 하지 않을 정도의 성인이 되었기 때문입니다. 결국 외로움이란 외로움을 견딜 만큼 자주적이지 못한 나로 인해 생기는 것입니다. 내가 키워주지 못한 나가 있기 때문이고, 내가 용기를 주지 못하는 나가 있기 때문일 것입니다. 외로움은 남들이 나를 버리는 것이 아니라 내가 나를 내버려 두는 것일 지도 모릅니다. 남들이 나를 무시하는 것이 아니라 내가 자아를 무시하고 있는 것이라고 말할 수도 있습니다.

그러니 외로움을 쫓으려고 하지 말고 외로워하는 자신과 만나보는 게 나을 것입니다. 젖을 떼지 못한 나를 만날 수도 있고, 젖은 뗐지만 괜히 불안해 하는 나를 발견할 수도 있으며, 남의 눈치를 보면서 정작 자신에게는 만족하지 못하는 나를 만나게 될 수도 있을 것입니다. 외로움은 진짜 자신을 만날 수 있는 기회를 주기도 하고, 미운 자신을 사랑할 수 있는 조건이 되기도 할 것입니다. 자신과 만나려는 용기만 있다면 말입니다.

감방

감방에 갇혀있다고 느낄 때

당신은 감방에 갇혀 있습니다. 사방이 철벽입니다. 문을 두드려도 반응이 없고 벽을 때려도 미동조차 없습니다. 심지어는 감방이 줄어들기 시작하고 당신은 자포자기 상태가 돼 갑니다. 죽는건 시간 문제입니다. 도망칠 수도 없고 피할 수도 없습니다. 감방이 점점 뜨거워지는 것 같습니다.

기가 막힌 것은 당신이 왜 갇혔는지, 언제 갇혔는지 기억이 나지 않는다는 것입니다. 그런데 당신이 모르는, 정확히 말하면 기억하지 못하는 것이 더 있습니다. 그것은 감방의 문이 안에서 열린다는 것이고, 당신에게는 열쇠가 있다는 것입니다.

나는 모릅니다, 열쇠가 어디 있는지. 다만 당신에게 그 열쇠가 있다는 것은 압니다. 당신이 열쇠를 찾을 수 있을 지는 모르겠습니다.

- 감방은 실제 공간이나 어떤 상황일 수도 있고 마음일 수도 있습니다. 그것은 중요하지 않습니다. 우리가 그곳에 갇혀 있다는 것이 중요합니다. 그리고 열쇠를 지니고 있는 것은 존재하는 지 조차 알 수 없는 간수가 아니라, 감방 안에 갇혀 있는 사람이라는 사실이 제일 중요합니다. 우리의 감방은 그런 감방입니다. 인생 말입니다.

벼랑

벼 랑 끝에 내몰렸을 때

벼랑 끝에 다다랐습니다.

발 아래로는 거센 물결이 일고, 등 뒤로는 모래바람이 붑니다. 벼랑 너머는 아득합니다.

그 동안 나는 경계境界를 경계警戒해 왔습니다. 경계까지 간다는 것은 밀려나는 것이고 내몰리는 것이기 때문입니다. 하지만 나는 생각보다 약했고 바람은 의외로 거셌습니다. 내 다리는 모래바람에 맞서 버텼지만 내 발은 점점 뒤로 밀렸습니다. 지금 나는 경계의 극단, 벼랑 끝에 있습니다.

바람에 휘청거리면서도 나는 똑바로 서려고 애씁니다. 가슴을 열고 깊은 숨을 들이쉽니다. 코로 바람 모래가 들어옵니다. 콜록콜록 기침이 나고 눈가에는 눈물이 맺힙니다.

나는 모래바람 속에서, 모래바람을 응시합니다. 나는 생각을 바꾸고 모래바람 속으로 걸어 들어갑니다. 한발, 두발 힘겹게 발

을 내딛습니다. 이윽고 발을 멈춘 나는 모래가 씹히는 침을 퉤! 하고 내뱉습니다. 바람 때문에 그 침이 내 얼굴에 튑니다. 나는 이제 몸을 돌려서 벼랑 끝으로 내달립니다.

나를 밀어냈고, 내가 저항했던 모래바람이 이제는 나를 밀어주고, 나를 순항케 합니다.

나는 소리를 지르며 달립니다.

내 발이 벼랑 끝에 다다랐을 때 나는 뛰어오릅니다.

온 힘을 다해 박차 오릅니다.

벼랑이 멀어져 갑니다.

46

• 벼랑은 승부가 난 곳이 아니라 승부를 내야 하는 곳입니다. 그런 의미에서 벼랑은 사지가 아니라 승부처라고 할 수 있습니다. 벼랑은 막다른 곳 같지만 열려있는 곳입니다. 날아올라서 피안으로 갈 수도 있고 힘이 부쳐 벼랑 아래로 떨어질 수도 있습니다. 그래서 뛰어 올라야 합니다. 뛰어내리는 것은 뛰어오른 뒤에도 충분히 가능하기 때문에 지레 뛰어내릴 필요는 없을 것입니다. 벼랑은 진정한 선택을 요구함으로써 진짜 나와 대면하게 합니다. 벼랑은 죽음이 불가피한 곳이 아니라, 죽음을 무릅써야 하는 장소일 뿐입니다. 그래서 벼랑은 지옥의 문일 수도 있고 천국의 계단일 수도 있습니다.

결정의 순간

어떤 결정도 내리지 못할 때

이러지도 못하고 저러지도 못할 때, 이래도 죽을 것 같고 저래도 죽을 것 같을 때 나는 결정을 내리지도 못하고, 내릴 수도 없습니다. 진퇴'양난'兩難이 아니라 진퇴'불가'不可입니다.

이 때 나 몰래 결정을 내리려는 자가 나타납니다. 그것은 과거의 나입니다. 과거의 나는 죽지 않고 살아 있습니다. 현재의 나가 주저 앉아 있는 사이에 과거의 나가 새치기를 해서 의사봉을 땅땅땅! 두드리려고 합니다. 과거의 나가 그러는 것은 그로서는 자연스러운 것입니다. 과거의 나는 존재를 증명하고 싶어 하고 그 존재의 정체는 타성이기 때문입니다. 하지만 현재의 나 입장에서 그것은 용납할 수 없는 날치기일뿐입니다. 현재의 나는 내려야 할 결정을 내리지 못하고 있지만 날치기를 놔둘 것인지 막을 것인지는 결정할 수 있습니다.

날치기를 막았다고 해서 문제가 해결된 것은 아닙니다. 결정은 여전히 내려지지 않은 상태입니다. 현재의 나는 과거의 나의 돌발행동에 기겁했지만 그렇다고 서둘러 결정을 내리지도 못합니다. 시간은 흐르고 상황은 나빠집니다.

　과거의 나를 쫓아낸 현재의 나에게 누군가 다가옵니다. 그것은 되고 싶은 나고, 미래의 나입니다. 미래의 나는 아직 완성되지 않았지만 지금 존재합니다. 되고 싶은 나는 현재의 나에게 이렇게 말합니다. "너도 알다시피, 현재의 너는 결정을 내릴 수가 없어. 되고 싶은 나로서만 결정을 내릴 수 있을 거야. 그러니 내 말을 들어." 현재의 나는 미래의 나의 말이 틀린 것 같지 않기 때문에 그의 말을 막지 않습니다. 미래의 나는 현재의 나를 무시하는 말도 하고, 죽이는 말도 합니다. 그리고는 자신이 결정을 내리겠다고 나섭니다. 현재의 나는 모멸과 불안 속에서도 어쩔 수 없이 그에게 고개를 끄덕입니다.

　경험적으로 볼 때 되고 싶은 나는 현재의 나보다 용감하고, 그의 결정은 과거의 나의 결정보다 유망합니다. 그러니 두드리지도 못하는 의사봉을 붙들고 있지 말고, 되고 싶은 나에게 넘겨주는 것이 좋을 것입니다.

인 정 認定

인정 받지 못한다고 느낄 때

어느 철학자의 말대로, '인정'을 받고자 하는 우리의 몸부림은 가히 '투쟁'이라고 할 만 합니다. 그 '인정 투쟁'은 살고자 하는 욕망, 보호받고자 하는 갈망에 뿌리를 두고 있습니다. 인정받는 것은 안전하다는 것이고, 인정을 못 받는 것은 위험한 것입니다.

누구를 존중하려고 하지도 않고, 누구로부터 존경 받으려고 하지도 않는 시대이기 때문에 우리는 타인의 인정에 목을 맵니다. 돈으로만 존경을 받는 세상이기 때문에 사람으로 인정받는 것은 돈보다 귀한 것이 돼 버렸습니다.

세상에 돈은 넘쳐나는데, 돈이 없는 나는 무엇으로 인정을 받을 수 있을까요? 친구들은 많은데, 우정은 드문 세상에서 나는 누구로부터 인정을 받을 수 있을까요? 인정 욕구는 충만한데, 인정에 인색한 세상에서 나는 인정이라는 것을 받을 수나 있을까요?

인정받지 못하는 것 때문에 고개를 떨구게 되었을 때 그 숙인 고개로 나 자신을 내려다 본 적이 있었습니다. 정작 나는 나 자신으로부터 인정받으려고 했는지, 자신을 인정하고 있는지 물어보게 됐습니다. 돈을 통해서, 또는 남으로부터 인정받으려고 하면 할수록 나에 대한 나의 인정은 걸신처럼 허기를 더 한다는 생각이 들었습니다. 인정받기를 바라는 것은 남의 눈치를 보는 것과 비슷한 듯합니다. 우리는 어쩌면 남의 눈치를 보느라 정작 자신의 눈치는 보지 못하는 것이 아닐까요? 남만 보기 때문에 자신을 보지 못하는 것은 아닐까요?

우리 모두는 알고 있습니다. 정작 결정적일 때 중요한 것은 단 한 사람의 인정이고, 우리는 그 단 하나의 인정을 못 받아서 좌절하곤 합니다. 그 단 하나는 한 명의 타자일 수도 있으나 궁극적으로는 자기 자신일 것입니다. 그러니 남으로부터 인정받으려고 하기 보다는 나로부터 인정받는 내가 되는 것이 먼저일 것입니다.

자존심

자존심이 구겨졌을 때

자존심이 센 사람은 자존심을 말하지 않고, 자존심이 약한 사람이 자존심을 말하는 법입니다. 자존심이란 자신을 존중하는 마음이라기 보다는 존중 받고 싶은 욕망이기 때문입니다. 자존심은 자신을 지켜야 한다는 확신에 뿌리를 내리고 있다기 보다는 자신을 지키지 못할 지도 모른다는 불안에 닻을 내리고 있는 것입니다. 자존심을 지키기 위해 목숨이라도 내놓고 싶을 때가 있지만 해가 저물면 그 마음은 하루살이처럼 존재했었는지도 모르게 사라져버리곤 합니다.

'버드맨'이란 영화에 이런 대사가 나옵니다. "우리가 사랑에 대해 말할 때, 우리는 무엇에 대해 말하는 걸까." (When we talk about love, what we talk about.) 이렇게 물을 수 있을 것입니다. "우리가 자존심에 대해 말할 때, 우리는 무엇에 대해 말하는 걸까."

무시를 당했을 때 자존심이 발동하는 것은 자존심이 자신 보다 남을 더 의식하기 때문입니다. 자존심의 주인은 난데 그것을 조종하는 것은 남입니다.

자존심은 남으로부터 나를 지키기 위해 손에 쥐고 있는 칼 같은 것입니다. 그런데 그 칼의 손잡이도 칼날인 이상한 칼입니다. 피를 흘리며 칼을 쥐고 있는 것은 나지만 칼을 춤추게 하는 것은 남입니다. 칼을 버릴 수 없다면 살짝 쥐고 칼춤에 내가 죽지 않으려면 칼을 버려야 합니다.

운명

운명이 야속하게 느껴질 때

운명이 나를 사랑하기를 바라는 것은 자동차 사고가 나를 사랑하기를 바라는 것과 다르지 않습니다. 뜻밖이지 않은 운명을 찾기 힘들 듯 배신하지 않는 운명도 드뭅니다. 운명은, 신이 인간을 돌보지 않듯, 우리에게 관심조차 없는 듯합니다. 우리가 운명의 자비를 바라는 것은 운명의 잔인함을 이미 알고 있기 때문일 것입니다.

운명이 나를 사랑해주기를 바라는 대신 내가 운명을 사랑하는 것이 자멸로부터 자유로워지는 방법입니다. 아마도 그것이 우리가 운명에 굴복하지 않을 수 있는 비굴한 지혜일 것입니다. 나를 사랑하지 않는 자를 좌절시킬 수 있는 방법이 내가 그 자를 사랑하는 것 말고 무엇이 있을 수 있겠습니까?

• "인생이란 폭풍우 속에서 살아남는 법을 배우는 것이 아니라 폭풍우

속에서 춤추는 법을 배우는 것이다." (리처드 폴 에반스 〈크리스마스 리스트〉)

폭풍우 속에서 춤추지 못한다면 설령 살아남는다고 해도 무엇이 남아 있을까요?

승부

내가 졌다고 느낄 때

승부가 났습니다. 승자는 이겼다고 외치고 패자는 졌다고 탄식합니다. 그런데 진 것이 아니라, 이기지 못한 경우도 있습니다. 내가 진 것이 아니라 내가 이기지 못한 것 말입니다.

진 것은 상대가 강했음을 뜻합니다. 나의 문제가 아니라 상대의 문제인 것입니다. 그런데 이기지 못한 것은 상대를 극복하지 못했음을 의미합니다. 상대의 문제가 아니라 나의 문제가 됩니다. 따라서 졌다고 말하는 것에는 핑계의 심리가 있고, 이기지 못했다고 말하는 것에는 반성의 자각이 있습니다.

가끔은 진 이유가 아니라 이기지 못한 이유를 찾는 것이 좋습니다. 승리의 여신에게 선택된 상대를 부러워할 것이 아니라 선택 받지 못한 자신을 부끄러워하는 것도 나쁘지 않습니다.

링 바닥에 쓰러진 것은 상대의 펀치가 셌다기 보다는 내 맷집이 약했기 때문일 수 있습니다. 만약 쓰러졌던 내가 다시 일어선

다면 상대의 펀치가 약했다기 보다는 내 투지가 강했기 때문일 것입니다. 그 순간, 승부는 다시 시작됩니다.

고통

나만 아픈 것 같을 때

내가 아픈데, 아무도 아프지 않습니다. 당연하기도 하고, 이상한
것 같기도 합니다.

비유하자면 허리가 아픈데 팔은 아프지 않은 것입니다. 허리
는 이렇게 말할 수 있습니다. "내가 아픈데 팔, 너는 안 아플 수
있니?" 허리는, 자신이 아픈 것보다, 팔이 안 아픈 것이 더 아플
지도 모릅니다. 그런데 아픈 허리 역시 뭔가를 모를 수 있습니다.
팔이 아픈지, 안 아픈지 말입니다. 그래서 피장파장입니다.

고통이 소통되기를 바라는 것은 팔이 허리의 고통을 알아주
기를 바라는 것과 다르지 않습니다.

남들이 내 고통을 알아주기를 기대하는 것은 헛되거나 속만
상하는 일입니다. 고통은 원래 불통不通하고, 그 불통이 또 고통苦
痛이 됩니다.

고통의 순간, 소통해야 할 것은 타인이 아니라 자신일 지도

모릅니다. 고통이 어디서 왔는지, 어디로 갈 것인지, 그리고 나는
어떻게 고통을 불러냈는지를 고통스럽게 바라봐야 합니다. 고통
받는 당신은 타인과 소통하고 싶어하지만 정작 고통은 당신과
소통하기를 원합니다. 그 누구도 아닌 당신만이 고통과 대화할
수 있습니다. 고통은 타인과 불통하기 때문에 당신만의 것이고
그래서 고귀합니다.

눈물

나도 모르게 눈물이 흐를 때

이상하게 들릴 지 모르겠지만, 눈물을 흘리는 것은 눈이 아닙니다. 아무도 울지 않는데, 울 일도 아닌데 폭포수 같은 눈물을 쏟을 때 알게 됐습니다. 그 전에 흘리던 눈물이 아니라는 것을, 눈물을 흘리는 것은 눈이 아니라는 것을 깨닫게 됐습니다.

산 중턱에 홀로 앉아 있다가, 어떤 음악을 듣다가 느닷없이 눈물의 습격을 받으리라고는 상상도 못했습니다. 슬퍼서 나는 것도, 감격해서 나는 것도 아니었습니다. 상황은 엉뚱했고 눈물은 이상했습니다. 처음에는 나이를 먹으니까 별일이 다 있구나라고 생각했습니다. 그런데 나이를 먹어도 이러지 않는 사람들이 많다는 것을 알게 됐습니다. 눈물에 대해 생각해 보게 됐습니다.

아, 어느 순간 깨닫게 됐습니다. 눈물은 불타는 열대 지방에서 밤에 퍼붓는 스콜squall 같은 것이구나. 낮에도 뜨거웠고, 아직

도 뜨거운 나를 눈물이 식혀주는 것이구나. 내가 치열하게 살아
온 만큼 눈물은 거세게 흐르고, 내가 지금도 치열한 만큼 눈물은
멈출 줄 모르는 거구나. 뜨거운 심장이 눈물을 만든 것이고, 그
눈물이 다시 뜨거운 심장을 식혀주는 것이구나.

그 뒤로 나는 내 눈물을 슬퍼하지 않습니다.

행 복

행복해지고 싶을 때

행복을 쫓지 마세요. 불행이 기다리고 있어요. 그렇다고 불행을 쫓을 필요도 없어요. 불행은 제 발로 찾아올 테니까요.

쫓고 쫓기는 추격전은 미스테리 그 자체죠. 처음에는 추격하는 자가 추격당하는 자를 쫓는 것 같지만, 추격전이 계속 되다 보면 추격자가 대상을 쫓는 것이 아니라 추격 대상에 끌려가는 꼴이 되고 말아요. 쫓는 자는 쫓기는 자의 심정이 되고, 쫓기는 자는 쫓는 자를 우롱하기까지 해요. 추격은 도망자로 하여금 가속 페달을 밟게 만들지만, 추격자가 추격을 멈추면 그 멈춤은 도망자로 하여금 브레이크를 밟게 하지요.

행복이든 뭐든, 그것을 구하지 않으면 얻지 못할 수도 있지만, 만약 그것을 얻게 되면 그것으로부터 자유로워질 수 있을 거예요. 반대로 행복이든 뭐든, 그것을 구하면 얻게 될 수도 있지만, 만약 그것을 못 얻게 되면 그것 때문에 괴로워하게 될 거예요.

65

불행을 부르는 것은 불행이라기 보다는 행복이거나 행복의 추구고, 행복을 부르는 것은 행복이라기 보다는 불행이거나 불행의 수용인 것 같아요. 행복이라는 생각 자체가 불행을 전제하고 있기 때문에, 그리고 행복감을 떠받치고 있는 것이 불행감이기 때문에 행복하길 바라는 것은 마술처럼 불행을 불러내요. 그러니 행복은 쫓지 말고 불행은 내쫓지 말아요. 추격보다는 상책上策이 포위하는 거예요. 추격은 내가 그것에 매달리는 것이지만 포위는 그것을 놓아주고 기다리는 것이잖아요.

행복이 포위망에 걸려들 수도 있고 불행이 마음의 그물망에서 빠져나갈 수도 있을 거예요. 적어도 쫓다가 탈진하는 것보다는 기다리는 것이 더 맘 편하지 않을까요?

신 神

무언가에 의지하고 싶을 때

사람들이 신을 찾는 것은 신이 어딘가에 있기 때문이 아니라, 주위에 사람이 없기 때문인 것 같습니다. 노인들이 주로 신을 찾는 것도 죽을 때가 됐기 때문이 아니라, 늙으면 주위에 사람들이 사라지기 때문인 듯합니다.

노인들 뿐만이 아닙니다. 젊은이들도 속을 털어놓을 사람, 의지할 사람이 없어서 신을 찾습니다. 사람은 어디로 가버리지만, 신은 어디로 가지 않는다고 여기기 때문입니다. 결국 신은 신앙의 대상이라기 보다는 고독의 결과라고 말할 수 있을 것입니다. 신은 갈 곳을 아는 사람들이 가는 곳이 아니라, 간 곳이 없는 사람들이 가는 곳이라고 할 수도 있습니다.

고독한 나는 사람들의 뒤를 따라 신전의 문을 열고 들어갑니다. 그런데 신전에 들어서는 순간, 그들은 모두 사라지고 신전에는 나만 남습니다. 나 말고 신전에 있는 것은 말없는 신상神像뿐

입니다.

애당초 번지수를 잘못 찾은 것입니다. 우리가 고독하다면, 신역시 고독한 것입니다. 신이 고독을 해결해줄 것이라고 기대하지말아야 합니다. 만약 신이 있다면 그는 귀만 가지고 있을 뿐, 입은 없을 것이기 때문입니다.

있을 수 없는 일

있을 수 없는 일이 일어나고 말았을 때

있을 수 없는 일이 일어났을 때 우리는 놀라기도 하고, 당황하기도 합니다. 있을 수 없는 일이 생각지도 못했던 행운일 경우 팔짝 팔짝 뛰게 되고, 그것이 예기치 못했던 불행일 경우 다리가 무너집니다.

병원에 가면 암 환자들이 그렇게 많은데도 자신이 암 선고를 받았을 때 놀라게 되는 것은 자신에게는 암이 발병할 것이라고 생각하지 않았기 때문입니다. 그런데 가만히 생각해보면 있을 수 없는 일이란 애당초 있지도 않고(현실은 슈퍼 울트라 초막장 드라마보다 더 막장이니까), 더군다나 내 머리 속에서만 나와 무관했을 뿐입니다(인간 사유의 엑기스는 천상천하 유아독존이니까).

우리가 있을 수 없는 일에 놀라는 것은 있을 수 없는 일이 일어났기 때문이 아니라, 있을 수 없는 일이 있다는 생각 때문일 지도 모릅니다. 만약 무슨 일이든 일어날 수 있다고 여기고 있다면,

무슨 일이 일어나도 그러려니 할 수 있을 것입니다. 일어날 수 있는 일과 일어날 수 없는 일을 구획 짓고 울타리를 치니까 울타리 밖에서 일어나야 할 일이 울타리 안에서 일어났을 때 기겁하게 되는 것입니다. 그 생각의 울타리가 문제지 울타리를 넘나드는 것은 죄가 없습니다.

있을 수 없는 일이 있을 수 없는 것이 아니라, 있을 수 없다는 생각이 있어선 안 되는 것이지 않을까요? 암이 있을 수 없는 것이 아니라, 있을 수 없는 일이라는 생각이 암적인 것이 아닐까요? 암에 걸려 죽는 사람보다 암에 걸렸다는 충격으로 죽는 사람이 더 많은 것도 놀랄 일이 아닙니다. 있을 수 없는 일이라는 생각을 죽이면 우리가 그 생각 때문에 죽는 일은 없을 것입니다.

별 명

내 이름조차 마음에 안 들때

이름은 제껴두고 별명을 지어봐요. **연예인만 별명 지으란 법 있나요?** 얼떨결에 태어난 것처럼 제 멋대로 불려왔잖아요. 개명改名은 심각하지만 별명別名은 재미있을 거예요. 물도 셀프로 떠다 먹는데 별명은 당연히 셀프로 지어야죠.

시간이 걸려도 좋고 엉뚱하면 더 좋아요. 이왕 지을 거면 영혼을 담아서 지어야겠죠? '늑대와 함께 춤을'은 클래식하고, '복면가왕'은 센스있을 듯해요. 내가 지은 내 별명은 '욕정스님'이에요. 별명을 지으면 별명으로 불러달라고 해봐요. 몇 명이 불러줄지는 중요하지 않아요.

내가 붙인 내 이름이 있다는 것이 신날 거예요. 진명(陳名: 묵은 이름)의 자리를 대신할 진명(眞名: 진짜 이름)이 생겨서 짜릿할 거예요. 나를 내 별명으로 불러주면 나는 내 별명대로 돼 갈지도 몰라요. 김춘수 시인의 예언대로, 그가 '나에게로 와서 꽃이 되어' 줄

지, 누가 알겠어요?

　부른다는 것은 불러내는 것이고. 이름은 일러주는 것이에요. 내가 그렇게 부르는 것은 그의 무엇을 불러내는 마법이고, 내가 이름을 말하는 것은 그로 하여금 그렇다고 일러주는 계시예요. 별명을 부르는 것은 특별한 마법이고, 비범한 계시일 거예요. 별명이 별난 인생을 선물해줄 지도 몰라요. 별명이 진명眞名이 되는 것은 시간 문제예요.

　"두껍아 두껍아, 헌 집 줄게 새 집 다오."

진실

사람들이 그걸 몰라줄 때

진실이 헷갈리는 것은 진실의 문제라기 보다는 언어의 문제라고 할 수 있습니다. 우리가 진실을 다루는 도구는 주로 언어인데, 정작 언어는 진실을 다루기 힘들어 합니다.

우리가 하늘이 우중충하다고 말할 때, 우리는 그 하늘의 진실에 대해 말하는 것 같지만, 그 우중충하다는 것이 하늘에 대한 진실과 같은 것은 아닐 것입니다. 우리가 그 하늘에 대해 고작 말할 수 있고, 표현할 수 있는 것이 우중충하다는 말일 뿐입니다.

내 마음에 대한 진실도 마찬가지인 것 같습니다. 말과 글로 지금의 내 마음을 어떻게 담아낼 수 있겠습니까? 비슷하게, 혹은 가깝게 표현할 수 있을 지는 몰라도 내 마음과 같을 수는 없을 것입니다.

말에 진실을 담아낼 수 없기 때문에 우리는 진실의 순간에 침묵하는 지혜를 터득해왔는지도 모릅니다. 말로 진실을 전달

할 수 있다고 믿는 것은 맹신이거나 착각일 것입니다. 숫자나 사물에 대한 진실도 의심해봐야 하는 것이지만, 인간에 대한 진실은 말 따위로 형언할 수 있는 것이 아닌 것 같습니다. 어쩌면 진실은 우리에게 존재할 수 없는 것이나 마찬가지라고 할 수도 있습니다.

그러니 글로 진실이 드러나기를 바라지 마세요. 말로 진실을 알려달라고 조르지 마세요. 사랑하는 이에게 진심을 말해달라고 윽박지르지도 마세요. 인간이 사랑을 감당하지 못하듯, 언어도 진실을 감당하지 못하잖아요.

차이

남들과 소통이 안될 때

소설가 김훈선생이 어느 강연에서 소통이 되면 소통이 돼서 좋고, 소통이 안되면 차이를 확인할 수 있어서 그것도 나쁘지 않다는 취지의 말을 한 적이 있습니다. 모두가 소통을 말하는 불통의 시대라서 그런지, 요즈음 차이가 받고 있는 괄시는 과한 것 같습니다.

소통이 되면 기쁘고, 안 되면 슬픈 것이 당연한 것 같지만 곰곰이 생각해보면 꼭 그렇지 만도 않습니다. 상대가 내 말귀를 알아들으면 흡족하지만, 상대가 말귀를 못 알아먹는다고 해서 슬퍼할 일도 아닙니다. 소통이 확인시켜주는 것이 동질감이고 차이가 환기시켜주는 것이 이질감이지만, 이질성이 동질성보다 못난 것도 아닙니다. 우리는 서로에게 동질적이기 보다 이질적이고, 동질적인 것이 있다고 해도 이질적인 것보다는 적지 않나요? 소통은 당위當爲일 뿐이고 차이가 당연한 것입니다. 소통하려는 것

자체가 차이를 전제하는 것이고, 차이가 있기 때문에 소통이 가치 있는 것이겠죠.

하지만 우습게도 소통에 대한 집착은 차이를 두려워하게 만들고, 차이에 대한 홀대는 소통을 가로막고 있는 듯합니다. 소통이 차이를 병신 취급한다면 차이는 소통을 깡패로 여길 것입니다. 소통은 표백제의 위험이 있어서 자칫 알록달록한 색깔들을 탈색시켜 버리기도 합니다. 소통은 소통이라는 미명하에 차이를 말살하려는 기질이 있으니까요.

물론 차이가 소수의 외로움을 주기도 합니다. 차이는 남을 불편하게 하고, 나를 불안하게 합니다. 하지만 우리는 다수이기보다 소수일 때가 더 많습니다. 게이나 레즈비언만 소수가 아니라 우리 각자는 어떤 면에서는 늘 소수입니다.

소통은 좋은 것이지만, 차이는 귀한 것입니다. 그러니 자신의 차이에 불안해 할 필요도, 남과의 소통에 안주할 이유도 없습니다. 차이의 절정은 창의創意고 소통의 정체는 저급低級일 수 있으니까요. 천재는 늘 이상했고 평범이 환대를 받아왔으니까요. 단체 관광이 편하지만 배낭 여행이 더 즐거울 수 있으니까요.

배우

SNS에 중독된 것 같을 때

아무나 배우로 인정받을 수는 없지만, 요즘은 누구나 배우가 되고 싶어하는 것 같습니다. 만인萬人이 배우나 다름 없는 세상입니다. 인스타그램에서는 표정 연기를 하고 페이스북에서는 감정 연기까지 합니다. 스마트폰이 용기를 줬고 SNS가 무대를 만들어줬습니다. 관객들이 '좋아요'를 눌러주고 '댓글'을 달아주면 스타가 된 것 같습니다.

밀란 쿤데라는 이미지image가 이념ideology의 자리를 차지한 것을 '이마골로기imagology'라고 이름 붙였습니다. 이미지가 세상을 지배하는 이념이라는 것입니다. 연기란 이미지를 연출하는 것이고, 연기를 하는 배우는 이마골로기 세상의 주인공입니다.

사람들이 배우가 되려고 하고 배우인 척 하는 것은 자기 삶의 배역에 만족하지 못하고, 진짜 배역이 멋있지 않기 때문인 것 같습니다. 현실은 구차하고 자신은 초라하기 때문인 듯합니다. 배

우인 동안은 자신을 잊을 수 있기 때문이고, 연기가 자신을 감춰 준다고 믿기 때문일 것입니다.

연기가 자신을 잊는 것이라면, 배우는 다른 사람이 되는 것입니다. 연기할 때 배우는 제 자신이 아닐 뿐만 아니라, 제 정신도 아니라고 할 수 있습니다. 딴 사람으로 빙의하는 것에 비유되곤 합니다. 연극이 끝나고 난 뒤에도 배우들이 자신의 배역에서 헤어나오지 못하는 경우가 적지 않은데, 그것은 일종의 짧은 정신 분열입니다.

배우도 아닌 우리가 연기에 몰두하게 되면 배우들과는 다른 정신 분열을 겪을 가능성이 높습니다. 진짜 배역을 잊게 되고 무대를 혼동하게 됩니다. 싱크대에는 컵라면 그릇이 쌓여 있고 내일도 시급 몇 천원에 목을 매야 하지만, 그런 나는 안중에도 없고 싸구려 배우에 도취되어 갑니다. 분 냄새에 취해 땀 냄새를 잊게 됩니다.

우리가 배우 놀이에 몰입할수록, 고시원을 전전하면서 몇 만원의 회당 출연료로 연명하는 대학로의 무명 배우처럼 무대 밖의 자신에 대한 상실감은 더욱 커져갑니다. 배우 놀이는 그것과 진짜 배역의 간격을 더 크게 느끼게 하고 극적으로 대비시킵니다. 배우처럼 연기하는 것이 행복해지는 것이 아니라 그 때문에 진짜 배역이 주는 불행감이 깊어질 뿐입니다.

우리가 배우가 된다는 것은 처음에는 자신의 진짜 배역에서 벗어나는 황홀경을 주지만, 종국에는 진짜 현실과 배우 놀이가 충돌하면서 혼란극을 연출합니다. 배우 놀이는 드라마보다 더 극적인 반전으로 치닫게 됩니다.

그렇기 때문에 남에게 보이기 위해 연기하는 배우 짓은 그만 두는 것이 좋습니다. 그 시간에 자신의 진짜 배역에 충실해야 합니다. 분칠하는 대신에 삽질을 해야 합니다. 배우 놀이에서 우리는 타인의 시선의 포로지만 적어도 자기 삶에 있어서는 자신이 주인공일 테니까요. 그 주인공이 아무리 찌질하고, 아무리 힘들어도 말입니다. 배우 짓을 멋있게 하는 다른 이들도 다르지 않을 것입니다. 그러니 다른 사람들의 배우 놀이를 부러워할 필요도 없습니다.

좀비

나쁜 놈들이 득실거릴 때

좀비는 영화 속에만 있는 것이 아닙니다. 실재로 좀비들이 돌아다닙니다. 적어도 나에게는 그렇습니다. 죽었는데 죽지도 않은 채, 산 자들을 잡아먹는 좀비들이 한 둘이 아닙니다. 좀비가 시체가 아닌 이유는 살아있기 때문이고, 사람이 아닌 이유는 영혼이 없기 때문입니다.

영화 속 좀비들은 괴물처럼 흉측하지만 현실 속 좀비들은 인간의 형상을 하고 있습니다. 외양은 영화 속 좀비들이 끔찍하지만 악하기는 현실 속 좀비들이 더 합니다. 현실에서 좀비들을 가려내기란 쉽지 않습니다. 하지만 겪다 보면 알게 됩니다. 잠시 방심한 틈에 좀비로부터 공격을 받은 적도 있고 좀비들이 떼로 몰려온 적도 있었습니다. 좀비들을 피해 다니기도 했고 그들과 싸우기도 했습니다. 밤낮으로 그랬고 수단방법을 가릴 수가 없었습니다. 살아남아야 했기 때문입니다.

그런데 언제부턴가 좀비들이 눈에 띄지 않았습니다. 나를 잡아먹겠다고 달려들던 그들이 한꺼번에 사라진 것 같았습니다. 그들도 보이지 않았고 사람들도 나타나지 않았습니다. 드디어 내가 안전해진 것입니다. 오랜만에 몸을 씻기 위해 샤워실에 들어갔다가 나는 놀라 자빠졌습니다. 그 동안 보이지 않던 좀비가 나타난 것입니다. 거울에 좀비의 모습이 보였습니다. 나 말입니다.

무시

그들로부터 무시당할 때

돈이 없어서 무시당하고,

못 생겼다고 무시당하고,

학벌 때문에 무시당하고,

힘이 없어서 '갑'에게 무시당하고,

무시당할 것도 없는데 무시당하기도 합니다.

무시당하는 것은 창피하기도 하고 분하기도 한 일입니다. 무시당할 만하니까 무시당하고 있다는 자책이 들기도 합니다. 비참이 나를 쥐구멍으로 내몰고, 분노는 손에 칼을 쥐게 만들기도 합니다. 그런데 곰곰이 생각해보면 무시는 나의 것이 아닙니다.

무시하는 자들이 나를 무시하는 것은 그들의 기준에 따른 것입니다. 그런데 내가 그 무시를 무시라고 받아들이는 것은 내가 그들의 기준을 받아들이는 것이라고 할 수 있습니다. 돈, 외모,

학벌, 권력 등 그들의 기준에 내가 미치지 못한다는 것을 인정하는 것은 그들의 기준을 인정할 때만 가능한 것입니다. 그러니 이렇게 할 수도 있을 것입니다.

돈 없다고 무시하는 자들은 돈 밖에 모르는 천한 놈들이니까 무시하고, 못 생겼다고 무시하는 자들은 골 빈 속물들이니까 무시하고, 학벌로 무시하는 자들은 제대로 배우지 못한 놈들이니까 무시하고, '을'이라고 무시하는 '갑'들은 그들의 '갑'앞에서는 쩔쩔 맬 테니까 무시하고, 무시당할 것도 없는데 무시하는 자들은 미친 놈들이니까 그냥 모른 척하는 것입니다.

그들이 나를 무시하는 것은 그들이 떠받드는 것에 그들이 홀려 있기 때문입니다. 엉뚱한 것을 섬기는 우상숭배자들이기 때문입니다. 그들은 나의 현재 가치만을 보지 나의 미래가치를 볼 줄 모르는 눈먼 자들이기 때문입니다.

무시를 당해야 하는 것은 내가 아니라 그들일 것입니다. 무시당할 만한 자들에게 무시당했을 때는 속이라도 쓰릴 텐데, 무시할 자격도 없는 자들에게 무시당하는 것에 괴로워하는 것은 시간낭비일 뿐입니다. 그러니 무시하는 자들을 무시하면 됩니다.

나중에 부자가 돼서, 성형해서, 학벌 세탁해서, '갑'이 돼서, 무시당할 만한 것들은 하나도 없게 해서 나를 무시했던 자들을 무시하겠다는 생각도 무시해버리면 좋겠습니다. 남는 것도 없는 복수를 위해서 내가 그들처럼 무시당해도 싼 자가 될 수는 없지 않겠습니까?

욕

마구 욕하고 싶을 때

저도 욕을 합니다. 남에게도 하고, 자신에게도 합니다. 그런데 욕을 하다 보니 알게 된 것이 있습니다. 처음에는 누구한텐가 욕을 하고 있는데 하다 보니 아무에게나 욕을 하고 있었습니다. 그래서 누구한테 하는 욕인지 헷갈릴 때도 있었습니다. 욕은 일단 방아쇠를 당기고 나면 상대를 가리지 않고 난사되는 고장 난 기관총 같은 것이었습니다.

욕을 하는 사람은 난데, 욕이 스스로 욕을 하기도 합니다. 오토매틱(자동)입니다. 꿈에서도 욕을 하고 있고 잠꼬대도 욕일 때가 있습니다. 나도 싫고, 남도 싫고, 세상도 싫은 나의 마음을 잘 아는 욕이 알아서 욕을 해대는 것입니다. 욕 나오게 하는 것은 여러 가지지만 실제로 욕을 하는 것은 욕 자체일 지도 모릅니다.

그런데 욕을 해도 세상의 얼굴에 침만 튀지 변하는 것은 아무 것도 없습니다. 욕을 하면 손해 보는 것은 자기 자신입니다. 입이

더러워져서가 아니라 기가 빨려서입니다. 욕을 하면 시원하지만 금방 허해집니다. 욕을 하면 할수록 자신은 더 허약해집니다. 욕은 나 자신을 해치는 자해범自害犯이기 때문입니다.

　내가 욕하기를 내심 바라는 것은 나의 자해를 원하는 나쁜 것들입니다. 욕으로 내가 망가지기를 바라는 것은 욕 나오는 이 세상입니다. 그래서 저는 욕을 하지 않으려고 애씁니다.

불

누군가를 너무나 사랑할 때

사랑은 불 붙는 것이지만, 결국엔 불을 끄는 것 같습니다. 사랑이 불 같다는 말은 내가 불탄다는 것이고, 상대에게도 불이 붙는다는 것입니다. 그 불길은 맹목적이어서 나를 태우기도 하고 상대를 태우기도 합니다. 결국엔 자신(사랑)마저 불질러 버리기도 합니다.

내가 제일 사랑하는, 그래서 종종 그 사랑이 절제되지 않아 불에 데이는 것처럼 내 사랑에 상처를 입는 아들을 보면서, 나는 사랑한다는 것은 불을 다스리는 것임을 배웁니다. 사랑은 불을 피우는 재주라기 보다는 불을 끌 줄 아는 능력이라고 생각하게 됩니다. 내불을 피움으로써 상대를 따듯하게 해주는 것이기도 하지만, 내 불을 끔으로써 상대를 불로부터 지켜주는 것이기도 합니다.

사랑은 내가 불타오르면서도 상대가 불붙지 않게 불을 다루는 것입니다. 불길을 잡기 힘든 것처럼 사랑도 지키기 어려운 것 같습니다.

몸

내 몸이 마음에 안 들 때

거울이 없다면 얼굴을 들여다 보지 않을까요? 아닐 것 같습니다. 거울이 없어도 자신의 얼굴을 들여다 볼 것입니다. 타인의 눈이 라는 거울이 도처에 있기 때문입니다. 타인의 눈이 없다면 몸매 를 가꾸지 않을까요? 아마도 그럴 것 같습니다. 대부분이 그럴 것입니다.

우리의 몸은 언제부턴가 남을 의식해 왔습니다.

만약 혼자 살고 있는 세상이라면 지금처럼 육체에 신경 쓰지 않을 것입니다. 이웃 집에 숟가락이 몇 개 있는 지 아는 산속 화 전 마을에 산다고 해도 육체에 이렇게 공을 들이지는 않을 것입 니다. 익명의 도시, 나도 그들을 모르고 그들도 나를 모르는 곳 에서 살고 있기 때문에 나의 정체가 아니라 육체가 신분증 노릇 을 합니다. 분주한 도시는 육체만 보기에도 바쁘고, 육체는 도시 의 그 게으름을 잘 알고 있습니다.

모든 것이 돈으로 환산되고 돈으로 평가되는 자본주의 사회이기 때문에, 육체는 자신의 몸뚱어리가 돈이라는 것을 알고 그 몸뚱어리를 돈처럼 아끼게 됐습니다. 육체를 가꾸기 위해 정크푸드를 거부하는 것이 나중에 호텔 식사를 가져다 줄 수 있다는 것을 육체는 학습해 왔습니다. 오늘날의 육체는 쇼윈도의 마네킹이 되려고 합니다. 땅을 파고 비지땀을 흘리는 육체의 소용은 가치를 잃고, 옷걸이로 전락한 육체의 과시만이 관심사입니다. 노동하는 근육은 무시되고 잘빠진 육체만 각광받습니다.

　　이런 육체에 대해 정신 나간 것이라고 비난하는 것은 넌센스입니다. 육체야말로 스스로는 끊임없이 의심하면서 남의 눈은 절대로 의심하지 않는 확고한 정신을 지니고 있기 때문입니다. 현대의 육체는 마네킹의 영혼으로 충만합니다.

　　오늘날의 육체는 제 정신이 나간 딴 정신이라고 할 수 있습니다. 육체야, 제 정신 차리고 살자.

도덕과 도둑

나만 도덕을 지키고 산다고 느낄 때

도덕을 말하는 자는 도둑일 가능성이 높습니다. 도덕적인 자는 도덕을 입에 잘 올리지 않습니다. 그럴 필요가 없기 때문입니다. 반대로 도둑은 남들도 자기처럼 도덕을 지키지 않을 것이라고 여기기 때문에 도덕을 외칩니다.

도덕을 말하는 도둑 중 제일 큰 도둑은 이 세상입니다. 정확히 말하면, 이 세상에서 이익을 보는 지배자들입니다. 그들은 입만 열면 도덕을 말하면서 하는 짓은 대개 도둑질과 다르지 않습니다. 도둑은 도덕을 지키지도 않는데 당신이 도덕을 지켜야 할 이유는 무엇인가요?

도덕이 절대적 가치라고 말하는 분들도 있지만 도덕은 사회 규범일 뿐입니다. 그래서 도덕은 도덕을 전제로 합니다. 남들이 도덕적으로 행동한다는 기대 하에 나도 도덕적으로 행동하는 것입니다. 주먹으로 싸우기로 했는데 상대가 총을 꺼내 들면 그 순간 당신이 주먹으로 싸울 이유는 사라집니다. 도덕은 무조건적인 것이 아니라 조건적인 것이고, 지켜야 할 의무가 아니라 준수되어야 할 약속일 뿐입니다.

도둑놈들은 도덕을 지킬 생각이 거의 없는데, 도둑놈들이 도덕적으로 될 가망이 별로 없는데, 당신만 도덕을 지키는 것은 지나치게 훌륭하거나 아니면 아주 멍청한 짓입니다. 도덕이 무너졌는데도 당신만 도덕을 지키는 것은 결과적으로 도둑놈을 위하는 행위가 될 수도 있습니다.

당신의 도덕이 세상을 지키는 보루라고 여기지도 말고 세상의 부패를 막는 소금이라고 자랑스러워하지도 말아야 합니다. 당신은 구원자가 될 필요도 없고 순교자가 될 이유도 없습니다. 당신의 도덕이 도둑들을 부끄럽게 만드는 것이 아니라 그들을 안심시키는 뜻밖의 효과를 내기 때문입니다. 당신이 도덕에 얽매여 우물쭈물하고 있을 때 그들은 도둑질에 여념이 없습니다. 그러니 도덕적으로 살려고 너무 애쓰지 않아도 됩니다. 적어도 도둑놈들 앞에서는 말입니다.

엘리베이터

편하게 엘리베이터를 타고 싶을 때

환한 엘리베이터 앞은 늘 붐빕니다. 계단은 텅 비어 있는데도 엘리베이터 앞에서는 줄까지 섭니다. 시간이 없다는 것은 핑계일 때가 많습니다. 계단으로 가는 것이 귀찮고 힘들기 때문이고, 다들 엘리베이터를 타기 때문일 것입니다.

엘리베이터는 그것이 움직이지만 계단에서는 내가 움직여야 합니다. 계단을 이용하는 것은 왕따를 자초하는 것이기도 합니다. 그런데 엘리베이터는 앞만 붐비는 것이 아니라 안도 붐빕니다. 타기 전에는 대기자고, 탄 뒤에는 낑긴자가 됩니다. 그래도 엘리베이터를 타려고 하는 것은 가야 할 층에 올라가기만 하면 되기 때문입니다.

계단은 좀 어둡지만 거의 붐비지 않습니다. 다리는 힘들지만 몸이 건강해 질 수 있습니다. 걸어올라 가다 보면 왠지 기분이 좋아지기도 합니다. 남들이 엘리베이터를 기다리는 시간에 계단을 올라갈 수 있고, 속도가 일정한 엘리베이더와는 달리 내가 속도를 올릴 수도 있습니다. 엘리베이터가 목표지향적이라면 계단은 과정중시적입니다. 하지만 계단을 오르려면 똑같은 계단 높이를 인정해야만 합니다. 그래서 계단을 오르는 것은 의외로 지루하고, 오래 오르다 보면 발바닥이나 무릎에 무리가 오기도 합니다. 등산을 하다 보면 알게 됩니다. 편하게 하려고 만든 계단 길이 실제로는 더 불편하고, 더 힘들다는 것을. 피로를 가중시키고 흥미를 떨어뜨린다는 것을.

계단 길을 오르느니 산 길을 걷는 게 나은 것 같습니다. 바닥은 울퉁불퉁하고 경사는 제멋대로이며, 발을 내디딜 곳이 마땅치 않을 때도 많습니다. 발목이 꺾일 수도 있고 돌부리에 걸려 넘어질 위험도 있습니다. 계단은 폭이 일정해서 처음부터 끝까지 두 사람이 나란히 걸을 수도 있지만 산 길은 폭도 들쭉날쭉해서 혼자 걸어가야 할 때도 생깁니다. 하지만 등산을 하면 할수록, 산이 높으면 높을수록, 그 변덕스런 산 길이 규격화된 계단 길보다 좋다는 것을 알게 됩니다. 힘들지만 지루하지 않고, 힘든 만큼 보람찹니다.

그러니 엘리베이터는 타지 말고 가급적 계단을 오릅시다. 남의 계단을 오르느니 차라리 나의 산길을 갑시다.

미래의 나

나의 미래가 두려워질 때

한 달에 천 만원의 용돈을 쓸 수 있는 분이 있습니다. 할아버지입
니다. 그분의 집은 분당의 호화 아파트인데 사는 곳은 꼭대기의
펜트하우스입니다. 자신만의 정원도 있는 곳입니다.

한 달 용돈이 십 만원인 분이 있습니다. 그분도 할아버지입니
다. 그분의 집은 강북의 조그만 아파트고 가구들은 낡았습니다.
그분의 정원은 뒷산입니다.

"나는 천 만원의 용돈을 쓸 데가 없다. 아무렇게나 쓰려면 쓸
수야 있지만 쓰는 맛이 없다. 내 나이에 비싼 술집을 갈 수도 없
고, 고급 차를 모는 것도 이젠 시들해졌다. 돈을 쓸 수 있는 곳이
라곤 호텔 식당이나 백화점, 아니면 크루즈 여행이다. 그런데 그
곳 사람들은 내 이름은 알지만, 나를 모르는 이들이다. 내가 그
들을 점원이나 사장으로 기억하듯, 그들도 나를 돈 많은 노인네
로만 알고 있을 것이다. 친구들이랑 술 한잔하고 싶은데 그럴 놈

들이 없다. 와이프도 없는 내가 친구가 있기를 바라는 것도 무리
인 것 같기는 하다. 너무 앞만 보고, 너무 돈만 쫓아서 살아왔다.
이익을 위해서 배신을 했었고 별 볼일 없는 친구들은 만나지도
않았다. 은행과의 신용은 중요했지만 친구들과의 우정은 쓸데
없었다. 그래서 부자가 됐다. 내 재산과 지위가 친구들을 불러 모
을 것이라고 생각했었고, 한 때는 그런 줄 알았다. 지금은 깔깔거
리면서 술을 마시고, 나의 우울에 '노망 들었냐?'고 타박해줄 친
구들이 없다. 나는 위너winner였지만 지금은 루저loser인 것 같다."

"한 달에 십 만원의 용돈으로는 살 수가 없다. 동네 구멍가게
앞 평상에서 구린내 나는 놈들과 소주에 새우깡 안주로 술을 마
시고, 수 십 년째 다니고 있는 값싼 국밥 집에서 해장을 하는데도
돈은 금새 말라버린다. 눈치 빠른 며느리가 슬쩍슬쩍 집어주는
보너스 용돈이 없으면 적자를 면키 어려운 달이 많다. 나는 젊었
을 때도 성공하지 못했고, 늙어서도 독립적이지 못하다. 돈을 떼
먹어보기도 했지만 친구들로부터 돈을 떼인 적도 많았다. 사업
은 될 듯 될 듯하면서도 잘 되지 않았다. 집에 넉넉한 돈을 줘 본
적은 드물었지만 친구들과의 술자리에서 계산을 하지 않고 눈치
를 보는 것은 싫었다. 내 처는 허세 부리지 말라고 구박했지만 나
는 머리를 긁적이면서도 제 버릇을 고치지 못했다. 그래서 지금
도 그 때 그 놈들과 소주나 마시고 있다. 이런 얘기를 하면 나처
럼 못난 놈들이 '노망 들었냐?'고 놀린다. 수중에는 천 원짜리 지
폐 몇 장 밖에 없지만 그렇다고 아주 슬프지는 않다. 맨날 술 마

시러 나오라는 귀찮은 친구들이 있고, 술 미시러 나간다고 하면 '그 영감탱이들 지겹지도 않냐?'라고 말하면서도 말리지 않는 악처가 있기 때문이다."

두 할아버지는 모두 미래의 접니다. 저는 두 할아버지 중 하나가 되거나, 운 좋으면 두 할아버지가 섞여 있는 중간 할아버지가 될 수도 있을 것입니다. 중간 할아버지는 운에 맡기고 지금 제가 바라는 것은 뒤의 할아버지라도 되는 것입니다.

사람들은 누구나 '더 나은 나'이고 싶어 합니다. 그 '더 나은 나'라는 게 사람마다 다르겠지만, 제게 '더 나은 나'의 기준은 하나입니다. 앞의 할아버지가 되지 않는 것입니다. 말년에 돈이 없는 것은 버틸 수 있어도 친구가 없는 것은 견딜 수 없을 것 같기 때문입니다. 내가 '더 나은 나'가 되기 위해서는 지금부터 똑바로 살아야 합니다.

도 道

우리가 도사道士도 아니고 도를 닦으려고 태어난 것도 아니지만,
살다 보면 사는 게 도 닦는 것 같을 때가 있습니다. 세상은 독하
고 사람들은 악하기 때문입니다. 자신이 못마땅하고 성질은 더
럽기 때문입니다. 도를 닦는다는 생각은 한 적도 없는데 어쩌다
보니 도를 닦고 있는 자신을 발견하게 됩니다.

　도를 닦는 것은 미쳐 돌아가는 세상에서 미치지 않으려고 발
버둥치는 것이 아니 내 방식대로 미치는 것 같습니다. 그것은 정
신 못 차리는 사람들 틈에서 정신을 차리려고 몸부림치는 것이
아니라 내 스타일대로 정신 줄을 놓아버리는 것인 지도 모릅니
다. 정신병동에서 그들과 다른 정신병자로 생활하는 것이고, 바
보들 속에서 그들과 다른 바보로 사는 것 말입니다.

　도를 닦다 보면, 도를 닦는다고 무엇이 얻어지는 것도 아니
라는 것을 알게 됩니다. 빨래를 죽도록 해도 정작 자신은 그 옷

들을 입지도 못하는 며느리처럼, 땀을 삘삘 흘리며 요리를 해도 그 음식을 먹을 수 없는 막내 쉐프처럼 도를 닦는 것은 뭔가를 하는 것이지 뭔가를 얻는 것은 아닌 듯합니다. 도를 닦는 것은 오히려 닳아 없어지는 것이고, 없어지는 것은 아마도 나 자신일 것입니다.

도 닦기는 어떤 방향을 정하는 것이지만 목표에 도달할 희망이 있는 것도 아닙니다. '그리로' 가는데 '그곳에는' 좀처럼 이를 수 없는 여정 같은 것입니다. 그곳이 너무 멀기 때문일 수도 있고 어쩌면 그곳이란 원래 없기 때문일 지도 모릅니다.

도를 아십니까?

사진

내 얼굴이 마음에 안 들 때

여권 사진이 마음에 들었습니다. 사진 속의 나는 분명 나였지만,
나 같아 보이지 않았기 때문입니다. 미리 손을 쓴 것입니다.

입국 심사관 앞에 섰습니다. 심사관이 여권을 보더니 나를 쳐
다봤습니다. 나는 환하게 미소를 지어줬는데, 그는 웃지 않았습
니다. 황당했습니다. 그가 내게 물었습니다. "이 여권, 본인 거 맞
습니까?"

언제부턴가 진짜眞를 찍는다寫는 사진寫眞이 진짜를 속이는
것이 돼 버렸습니다. 예전에는 증명 사진이 믿음을 줬지만 지금
은 누구도 사진빨을 믿지 않습니다. 다들 메이크업으로는 부족
해서 사진보정 어플을 쓰고 포토샵('뽀샵')까지 하기 때문입니다.

우리는 진짜를 보여주기 위해 사진을 찍는 것이 아니라, 가짜
를 만들기 위해 사진을 찍는 것 같습니다. 세상이 나빠지면서 경
쟁은 치열해졌습니다. 더 예뻐 보여야 하고, 더 매력적이어야 합

니다. 어떻게든 살아남아야 하고, 폼나게 살고 싶기 때문입니다. 그래서 사진에 손을 댑니다. 기술의 눈부신 진보는 가짜를 가능케 했고, 그 기술의 값싼 공유는 가짜를 쏟아내고 있습니다.

우리는 자신을 위해 뽀샵을 하지만 무리를 위해 뽀샵을 하는 자들도 있습니다. 우리는 뽀샵의 선수지만 대가는 따로 있는 셈입니다. 그것은 이 세상이고, 이 세상의 기득권자들입니다. 이들의 뽀샵 질은 오래됐고 오래된 만큼 능숙합니다. 미디어는 자신이 보여주고 싶은 것들을 선택하고 언론은 그것들을 과장하거나 미화합니다. 추한 현실이 그럴 듯해집니다.

우리가 뽀샵 정도에 만족할 때 그들은 한술 더 떠 성형까지 해버립니다. 그래서 우리가 사는 지옥은 천국으로 둔갑하기도 하고, 살고 싶은 유토피아는 지옥으로 매도되곤 합니다. 내 사진도 믿을 수 없지만 세상은 더더욱 믿을 수가 없습니다.

잠시 당황하던 내가 정신을 차리고는 입국 심사관에게 물었습니다. "그런데 당신은 입국 심사관이 맞나요?" 그는 아무 말도 못하고 나를 쳐다보기만 했습니다.

진짜는 가짜가 될 수 있지만, 가짜는 진짜가 될 수 없습니다.

스마트폰

스마트폰에만 빠져 있을 때

사람들은 스마트폰을 보고 있었습니다. 무언가를 읽고 있는 것 같기도 했습니다. 하지만 읽고 있는지 보고 있는지는 내게도 불분명했고, 그들에게도 불분명한 것 같았습니다. 그게 중요한 것은 아닙니다.

그들은 손바닥만한 틈, 그러니까 스마트폰 속으로 비집고 들어가고 싶어하는 듯했습니다. 그들에게 스마트폰은 세상으로 통하는 유일한 입구인 것 같고, 그들이 아끼는 친구는 스마트폰 밖에 없는 것 같았습니다. 그런 태도는 옆 사람들이나, 자신이 타고 있는 지하철이나, 심지어 자기 자신에게조차 전혀 관심이 없음을 과시하고 있거나 의도하고 있었습니다.

그것은 슬프다기 보다는 다행인 듯했습니다. 스마트폰은 보고 싶지 않은 것들을 (그것이 무엇이든 누구든, 그것이 얼마나 중요하든 시급하든) 보지 않을 수 있는 핑계를 언제 어디서나 댈 수 있게 해주기 때문입니다. 스마트폰 속 세상은 시끄러웠지만 지하철 안은 조용했습니다. 끼이익! 갑자기 끔찍한 소리가 들렸습니다. 스마트폰에 머리를 처박고 있던 사람들이 마술처럼 스마트폰 속으로 빨려 들어갔습니다. 순식간에 벌어진 일이었습니다. 나는 보았습니다. 기관사의 눈이 충혈돼 터지는 것을. 그리고 나는 바닥에 떨어졌습니다.

'(속보)서울 지하철 충돌 사고로 사상자 다수 발생.'

곧 스마트폰이 부서졌고, 내가 사라졌습니다.

노예

내가 노예 같다고 느껴질 때

노예가 사라진 지 오래다! 라고 생각하면 순진한 것입니다. 노예가 사라진 것이 아니라, 노예라고 생각하는 사람들이 없어진 것이라고 말하는 게 맞을 것입니다. 노예제가 사라진 것이 아니라, 노예제가 세련되어 진 것이라고 말하는 게 적절할 것입니다.

도대체 누구를 보고 노예라고 말하는 것인가요? "노예는 자신의 운명을 스스로 결정할 권리가 없는 자다." (시오노 나나미 〈로마인 이야기〉) 세경(머슴에게 지급하는 일년 동안의 연봉)을 결정하는 것은 지주고, 세경을 줄 지 말 지를 결정하는 것도 지주입니다. 누군가가 나의 생사여탈권을 쥐고 있다면, 내 운명을 결정하는 것은 내가 아니라 그입니다.

예전에 노예는 주인의 소유물이었습니다. 지금은 인신人身의 자유가 있기 때문에 아무도 누구를 물건처럼 소유할 수는 없습니다. 그래서 노예는 없는 것이고, 노예제는 사라졌다고 여기게

된 것입니다. 트릭trick이고 매직magic입니다.

현대의 노예제는 육신은 풀어주고, 정신은 옭아매는 선진 기법을 씁니다. 주인에게 목숨을 저당 잡힌 채 주인을 위해서 일하는데도 노예라는 생각이 들지 않게 하는 것입니다. 솔거노비(率居奴婢: 주인과 같이 사는 노비)에서 외거노비(外居奴婢: 주인과 따로 사는 노비)로 바뀐 것인데, 노비는 자신이 노비가 아니라고 생각하게 된 것입니다. 정규직이든 비정규직이든 본질적인 차이는 없습니다. 그 둘의 계약 조건은 다르지만, 현대의 노예라는 점에서는 다르지 않기 때문입니다. 정신이 주인의 소유물이면 그는 노예라고 할 수 있습니다. 노예가 주인의 정신을 갖고 있다면, 그는 주인이 되는 것이 아니라 충실한 노예일 뿐입니다.

노예인데 노예인 줄 모르게 하는 기법의 핵심은 교육과 오락입니다. 노예제를 내면화하는 것이 교육이고, 노예제를 느끼지 못하게 만드는 것이 오락입니다. 예전의 노예는 교육도 받지 못했고 아는 것도 없어서 노예였습니다. 우습게도 오늘날의 노예는 사회화 과정을 거치고 보고 듣는 것이 많아서 노예라고 할 수 있습니다. 예전의 노예는 멍청해서 노옌줄 몰랐지만, 오늘날의 노예는 정신이 없어서 노옌줄 모릅니다. TV를 켜면 드라마가 나오고 인터넷에 접속하면 야동이 뜹니다. 스마트폰으로 쉴새 없이 음악을 듣고 극장에 가서는 현실을 잊습니다. 자신이 노예라는 사실을 잊어버릴 만큼 즐길 게 많습니다. 엔터테인먼트가 없다면 현대 노예제는 금이 가기 시작할 지도 모릅니다.

예전의 노예는 못 먹고 헐벗었지만, 오늘날의 노예는 (적어도 지구의 북반부에서는) 웬만해서는 굶지 않고 패션으로 치장까지 합니다. 물질이 풍부해졌다고 노예가 노예가 아닌 것은 아닙니다. 노예의 모습이 미드에 나오는 스타르타쿠스와 그의 친구들이라고 생각하면 오해입니다. 오늘날의 노예는 겉으로는 멀쩡하고 풍족해 보입니다. 사무직들의 경우 70년대의 노동자처럼 기름밥을 먹지도 않고, 후줄근한 작업복을 입지도 않습니다. 멋진 정장을 차려 입고 목에는 아이디 카드가 있는 파란 줄을 걸고 다닙니다. 점심 후에는 스타벅스 커피숍에서 점심값보다 비싼 커피를 홀짝거린 뒤, 커피를 손에 든 채 폼 나게 인도를 걷다 보면 자신이 노예인 줄 모르게 됩니다. 약간의 풍요와 값싼 화려함이 가져온 착시이자 환각입니다.

똑똑한 노예들은 자신들이 노예인 줄 알았지만 벗어날 방법도 알고 있었습니다. 주인에게 견마지로를 다하거나 전쟁에서 공을 세우면 로마 시민권을 얻을 수도 있었기 때문입니다. 로마의 노예제는 노예를 잡아매서 유지된 것이 아니라 역설적으로 그들을 풀어줌으로써 유지됐다고도 할 수 있습니다. 물론 전체 노예가 아니라 극소수라는 것이 중요합니다. 로마의 이 고전적인 수법은 지금도 애용되고 있습니다.

노예의 본질은 자신의 운명을 결정할 수 없는 자라기 보다는 자신이 노예인 줄 모르는 자라고 할 수 있습니다. 하지만 자신이 노예인 줄 알게 되는 것은 시간문제입니다. 주인이 화가 나거나, 형편이 어려워지면 주인은 그의 본색을 드러낼 것이고, 노예는 자신의 정체를 깨닫게 될 것입니다. 스파르타쿠스의 난은 과거사도 아니고, 로마의 이야기만도 아니게 될 것입니다.

사업

일 이 잘 안 풀 릴 때

* 업(業): 종사하는 일이나, 결과를 일으키는 소행.

그럭저럭 10년 넘게 사업을 하다 보니 사업은 말 그대로 업을 펼치는 것이기도 하지만, 어찌 보면 업을 다스리는 일이기도 한 것 같습니다. 업을 펼치는 것은 일을 벌이는 것이고, 업을 다스리는 것은 '일 안됨이나 일 없음'을 다루는 것입니다.

사업가는 언제나 확실한 것을 바라지만 대부분 불확실한 것들에 직면하곤 합니다. 매일 살얼음판을 걸으면서 한치 앞을 내다보기 힘들 때가 많습니다. 최소한 저는 그랬습니다. 어쨌든 사업에서 가장 확실한 것은 불확실함인 듯합니다.

그 불확실성은 업 자체로부터 옵니다. 내가 지금까지 지은 업이 내게 어떻게 돌아올 지 나는 예측하기 힘듭니다. 사업 파트너가 지어온 업을 나는 제대로 알 수 없기 때문에 그 업이 내게 어떤

영향을 미칠 지 가늠하는 것노 어렵습니다. 복잡한 세상의 오래된 업이 어떤 풍파를 일으킬 지 짐작하는 것은 거의 불가능합니다. 감당할 수 밖에 없는 업은 내게도 있고 내 밖에도 있는 셈입니다. 업은 지나간 것이면서 지금 있는 것이기도 합니다.

그 업들이 쌓이고 엉켜서 자주 '일 안됨이나 일 없음'으로 돌아오고, 나는 그 안되고 없는 업을 다스리려고 애씁니다. 내 지인의 부친은 '버티는 것도 사업'이라고 말했지만, 사업이야말로 버티는 것인 지도 모릅니다. 사업가의 최종 병기가 뚝심이듯이 말입니다.

사업은 나의 업을 지고, 세상의 업에 치이면서 업을 이뤄가는 것 같습니다. 그 업은 혼을 빼놓을 정도로 어지럽게 돌아다니는 분주한 아이일 때도 있고, 죽었는지 살았는지 의심스런 상태에서 산소호흡기로 연명하는 비루한 환자일 때도 있습니다. 둘 다 사업의 모습일 것입니다.

사업만 그런 것 같지도 않습니다. 인생도, 마음도 업일 것입니다. 업은 있지 않은 듯하면서도 있는 것이고 알 듯하면서도 알 수가 없는 것입니다. 실체는 있지만 정체를 알 수 없는 업을 받아들이면서 그것과 함께 사는 것이 우리들인 것 같습니다.

또라이

또라이와 만났을 때

또라이들은 여러모로 황당합니다. 또라이들을 대하다 보면, 또라일 것 같지 않은 또라이들이 의외로 많음을 알게 됩니다. 의외의 또라이들이 진짜 또라이들입니다. 진짜 또라이들의 공통점이 많이 배우고, 많이 가진 자들이라는 것은 만국공통입니다.

한 남자가 있었습니다. 검사고 지검장이었습니다. 길거리에서 음란행위를 했고, 그것을 숨기다가 결국은 실토를 한 사람입니다. 그가 주인공인 희비극은 2막으로 이뤄져 있습니다.

제1막의 주인공은 환자입니다. 자신이 환잘 줄 모르는 환자입니다. 그 병이 언제 생겼는지도 당연히 모릅니다. 다만 잦은 객지생활이 병을 악화시켰음이 분명합니다. 그는 자신의 정신질환을 즐기지는 않았을 것입니다. 하지만 그는 병 앞에 무력했고, 몸은 정신과 따로 놀았을 것입니다. 그가 체포되면서 1막은 끝납니다.

제2막의 주인공은 검사입니다. 배우는 같은데 캐릭터가 바뀝니다. 거짓말을 하고 악어의 눈물을 흘립니다. 비극이 희극이 되어 갑니다. 곳곳에 번득이던 눈CCTV이 그의 행적을 증언합니다. 검사가 그 환자였음이 드러나고 거짓이 폭로됩니다. 그리고 희비극은 막을 내립니다.

볼썽사납기도 하고 불쌍하기도 하고, 어이없기도 한 주인공을 보면서 관음의 시대에 음란의 형을 받은 그만 눈에 들어온 것이 아니었습니다. 그와 좀 떨어진 곳에서 그를 쳐다보고 있는 내가 보였습니다. 주홍글씨를 받을 수 있지만 아직은 받지 않은 나 말입니다. 또라이를 변호하려는 것이 아닙니다. 내 얘기를 하는 것입니다. 그의 얘기가 내 얘기는 아니지만, 내 얘기가 그의 얘기가 될 수도 있다는 것을 나는 압니다.

또라이는 어디로 튈 지 모르는 럭비공이라기 보다는 자신이 꽂혀 있는 어떤 것에 대해서는 분별을 잃는 중독자에 가깝습니다. 항상 이상하게 행동하는 것이 또라이가 아니라, 어떤 상황에서는 꼭 이상한 짓을 하는 것이 또라입니다. 또라이라는 말은 증상을 가리킬 뿐이고 그 실체는 중독입니다. 그런데 우리 모두는 무언가에는 중독돼 있고, 그 때문에 이상하게 행동하기도 합니다. 또라이가 많기도 하지만 내게도 또라이가 있습니다. 인정하고 싶지 않겠지만 친구들은 이미 알고 있을 것입니다.

"너희 중에 죄 없는 자가 먼저 돌로 치라." (요한복음 8장 7절)

간음한 여자를 죽이려 하던 서기관들과 바리새인들을 향해 예수님이 한 말입니다.

화와 분노

화가 치밀어오를 때

화는 쉽고, 분노는 어렵습니다. 화는 가볍고, 분노는 무겁습니다. 화는 분노해서 나는 것이 아니라, 분노를 감당하지 못해서 나옵니다. 크게 막히면 작은 구멍으로 새는 것과 같습니다. 길거리에서의 화들이 그렇습니다. 어깨를 치고 지나갔다고 칼부림을 하거나, 자기 차선에 급작스럽게 끼어들었다고 방망이를 휘두르는 것이 그렇습니다.

화는 발작이지만, 그 발작은 전염됩니다. 화 바이러스를 만들어내는 것은 세상입니다. 바이러스에 감염된 내가 화를 냄으로써 나는 바이러스의 2차, 3차 전파자가 됩니다.

화풀이를 한다고 해서 화가 풀리는 것도 아닙니다. 그것은 착각입니다. 화는 풀리지 않고 퍼질 뿐입니다. 내 몸 구석구석으로 퍼지고 세상 여기저기로 옮겨갑니다. 화는 나를 파괴하고 세상을 병들게 합니다.

세상이 화 바이러스를 조장하는 것은 분노를 막기 위해서입니다. 화를 낼수록 분노는 멀어집니다. 그런데 분노하게 되면 화는 사라질 것입니다. 큰 것이 뚫리면 작은 데로 새지 않기 때문입니다.

화를 내지 말아야 하는 이유는 분노하기 위해서입니다. 분노해야 하는 이유는 화를 내지 않기 위해서입니다. 화를 불 사르고, 분노에 불을 붙여야 합니다.

사소함

사 소 한 것 을 지 나 쳐 버 릴 때

몇 년 전에 '사소한 것에 목숨 걸지 마라'는 제목의 책이 베스트 셀러 반열에 오른 적이 있습니다. 우리의 일상은 소소하고, 우리의 감성은 사소하기 때문에 이 대범한 제목의 책이 인기를 끈 것 같습니다. 저자와 출판사에게는 미안한 얘기지만, 제 경험으로 볼 때는 사소한 것에 목숨 걸어야 합니다. 사소한 것은 대부분 그렇게 보일 뿐 결코 사소하지 않기 때문입니다. 손 끝의 우연한 스침이 사랑에 불을 당기기도 하고, 보잘것 없는 사랑이 트로이 전쟁을 불러오기도 했습니다.

사소하지 않은 것들, 예를 들어 재산, 명성, 지식, 나이 같은 것들은 알고 보면 쓸데 없습니다. 그 사람의 본 질이나 실체라는 관점에서 볼 때 사소하기 짝이 없습니다. 고백컨대 나도 그렇고, 단언컨대 내 주위도 다르지 않습니다. 우리가 숭배하는 것들은 주로 허영이거나, 대체로 허상일 뿐입니다.

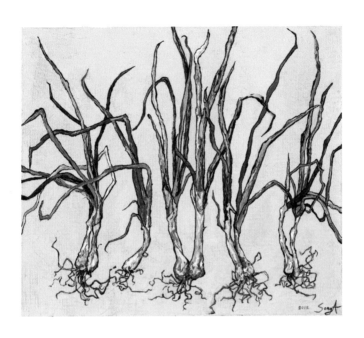

그런데 사소한 것들, 예를 들어 누가 자기보다 못한 자를 힐끗 볼 때의 눈빛이나 유력 정치인이 취중에 저지른 눈에 띄지 않는 실수, 언제부턴가 입 주위에 자주 붙게 되는 밥풀떼기 같은 것은 결코 사소하지 않습니다. 빙산은 거대한 몸체를 물 아래 숨긴 채 그 일각으로 자신을 표현합니다. 진짜는 하찮은 외양을 하기 일쑤입니다.

사소한 것에 놀랄 정도로 예민한 것은 인류의 암컷, 여성입니다. 어미가 돼야 하고, 어미이기 때문에 수컷과는 다르게 진화해 왔습니다. 사소한 것을 놓치면 어미가 되기 힘들었고, 사소한 것을 무시하면 어미일 수 없었습니다. 여성이 남성보다 우등하고, 어미가 그 무엇보다 위대한 것은 사소한 것을 사소하지 않게 대하기 때문입니다.

결국 사소한 것을 놓치는 것은 다 놓치는 것입니다. 사소한 것을 놓치면 복수를 당하게 됩니다. 사소한 것의 복수는 사소한 적이 없었습니다.

복싱

정신없이 얻어맞고 있을 때

나는 복서입니다. 나는 챔피언이 되려고 권투선수가 됐습니다.

날렵한 푸트워크footwork로 상대를 코너에 밀어붙이고, 현란한 테크닉으로 상대를 난타해서 링 바닥에 그를 쓰러뜨린 뒤, 내 머리보다 큰 챔피언 벨트를 허리에 두른 채 하늘을 향해 두 팔을 뻗고 싶었습니다. 내가 신발이 닳도록 줄넘기를 하고, 샌드백이 닳을 정도로 그것을 친 것은 때리기 위해서지 맞기 위해서가 아니었습니다. 그런데 사각의 링이 내게 가르쳐 준 것은 복싱은 때리는 것이라기 보다는 맞는 것에 더 가깝다는 것이었습니다. 적어도 내 경우에는 그랬습니다. 내가 더 때리는 경기도 있었지만 더 맞는 경기보다는 적었던 것 같습니다.

맞을 때는 시간이 천천히 갑니다. 상대의 주먹은 눈에 보이지도 않을 만큼 빠르지만, 맞는 시간은 슬로비디오처럼 느리게 흐릅니다. 그래서 맞는 것은 아프기도 하지만, 견디기 힘들 정도로 지겹습니다. 어쩌다가 내가 때릴 때는 그 시간이 2배속, 3배속으로 금방 가버립니다. 야속하게도 링에는 두 개의 시간이 존재합니다.

내게 펀치를 날리는 상대는 늘 강적입니다. 그것은 내가 자초한 것입니다. 나는 챔피언이 되고 싶기 때문에 내 상대는 챔피언이거나 챔피언 급입니다. 강적에게 맞다 보면 그의 주먹이 두 개가 아니라 여러 개로 느껴집니다. 순식간에 여기서도 날아오고 저기에도 꽂힙니다. 심지어 상대가 분신술分身術이라도 쓰는 듯 여러 명으로 보이기까지 합니다.

얼굴은 찢어지고 다리는 풀립니다. 상대의 주먹은 여전히 날카로운데 내 주먹은 점점 둔해집니다. 브레이크 타임에 작은 의자에 쪼그리고 앉아 숨을 돌릴 수 있지만 그 시간은 눈 깜짝할 사이에 지나갑니다. 세컨second이 뭐라고 말을 해도 귀에서는 윙윙거리는 소리만 들릴 뿐입니다. 공gong이 귓전을 때리면 나는 가드guard를 올린 채 또 맞으러 나갑니다.

내가 맞으면서도 경기를 포기하지 않는 것은 복싱은 맞는 경기라는 것을 깨달았기 때문입니다. 내가 복싱을 때리는 경기라고 여겼을 때는 경기를 중도에 포기하기도 했습니다. 하지만 지금은 수건을 던지지 않습니다. 수건은 피를 닦으라고 있는 것이지 던지라고 있는 것이 아니기 때문입니다.

맞는 것을 피할 수는 없지만, 나는 이제 적게 맞으려고 애씁니다. 이기기 위해서는 때려야 하지만, 지지 않기 위해서는 잘 맞아야 합니다. 내가 약한 부분, 지능적인 곳에 펀치가 꽂히지 않도록 조심해야 합니다. 쉼 없이 위빙weaving을 해서 맞아도 쓰러지지 않을 곳에 주먹이 비껴 맞도록 애써야 합니다.

나는 지금도 권투선수고 여전히 인파이터infighter입니다. 인파이터는 더 맞습니다. 하지만 나는 아웃복서out boxer가 되고 싶지는 않습니다. 맞지 않기 위해서가 아니라 이기고 싶기 때문입니다. 내가 오늘도 맞는 것은 챔피언이 되고 싶기 때문입니다. 챔피언은 안 맞는 자가 아니라, 맞으면서도 이기는 자입니다.

친구

친구가 힘들어할 때

진실은 신神의 존재와 비슷한 것 같습니다. 누구에게는 그렇게 확실할 수가 없는데 다른 이에게는 그렇게 허황될 수가 없습니다. 종국적으로 진실은, 신의 존재처럼, 믿느냐 믿지 않느냐의 문제가 되기도 합니다. 진실이 이처럼 그 뿌리에서는 믿음과 엉켜 있는데도 진실은 믿음과는 아무 상관이 없다고 말하는 이들도 있습니다. 물론 일상의 어떤 진실들은 그럴 수도 있습니다. 하지만 정작 중요한 진실들은 그렇게 단순하지도 않고, 쉽지도 않습니다. 불가사의한 신의 존재처럼 말이죠.

　제 얘기를 해볼까요? 내게 나의 진실을 말하는 사람들이 있습니다. 맞습니다. 그들 말대로, 나는 부족하고 못났습니다. 내가 잘못했고, 실패했다는 것도 맞습니다. 그것은 진실이라고 할 수 있습니다. 하지만 지금 내게 중요한 것은 진실 너머에 있는 것이고, 진실 아래에 숨어 있는 것입니다. 나의 과거와 현재를 넘어선 곳, 지금은 진실인지 아닌지 확인힐 수 없는 것에 대한 것입니다. 그것은 믿음입니다. 내게 잘 할 수 있다고 말해주는 것이고, 내가 괜찮은 놈이라고 격려해주는 것입니다. 믿음은 진실과 상관없어 보일 지 몰라도, 진실은 믿음과 상관이 있는 것 같습니다.

그러니 내게 나의 진실이라는 것을 말하지 마세요. 지금 내게 필요한 것은 진실 따위가 아닙니다. 친구라면, 진실은 쳐다보지도 말라고 말해줘야 합니다. 나는 충분히 내 진실을 알고 있기 때문입니다. 진실은 그 확신 때문에 의외로 해악스럽고, 믿음은 그 무모함으로 인해 오히려 유망합니다.

진실을 따지는 자들이 자신의 문제에 부닥쳤을 때는 진실이 아니라 지지를 원합니다. 나도 그렇습니다. 당신들처럼.

지지의 다른 말이 사랑이고, 사랑은 늘 진실보다 위대합니다.

가면

가면을 쓰고 살아간다고 느낄 때

제가 가면을 쓰고 살듯, 대부분의 사람들도 그러는 것 같습니다. 가면을 쓰지 않고서는 춤을 출 수 없기 때문에 세상은 가면무도회라고 할 수 있습니다. 발가벗고는 춤출 수 있지만 맨 얼굴로는 춤을 추지 못합니다. 가리고 싶은 치부는 거기가 아니라 민 낯이기 때문입니다.

춤을 다 추고 난 뒤에야 가면을 벗을 수 있기 때문에 가면무도회는 긴 장례식이라고 할 수도 있습니다. 우리는 인생이라는 가면무도회가 끝났을 때라야 가면을 벗을 수 있습니다. 가면은 더 이상 숨길 필요가 없을 때만 벗겨집니다. 물론 죽음 뒤에도 가리고 싶은 치부가 있는 사람들은 가면을 벗지 않으려고 합니다.

가면은 늘 가짜지만, 가짜를 쓰는 것은 늘 진짭니다.

이 깊은 밤에도 가면무도회는 계속되고 있습니다. 아무도 가면을 벗지 않고, 벗을 수도 없습니다.

유통기한

끝이 안 보일 때

유통된다는 것은 유통기한이 있다는 것입니다. 만약 유통기한이 없다면 그것은 뭔가 잘못된 것이거나 극히 예외적인 것입니다. 우리 각자의 생명도 유통기한이 정해져 있는 것 같습니다. 다만 생산될 때, 우리 몸에 유통기한이 찍히지 않았을 뿐입니다. 생산자, 즉 신神이 우리를 놀려 먹기 위해 그런 장난을 친 거죠.

예전에 아내와 대판 싸워서 화가 머리 끝까지 뻗친 적이 있습니다. 갈라서기로 작심한 나는 이혼 소송에 대비해 그 동안 아내가 나를 괴롭혔던 일들을 몰래 기록하기로 했습니다. '이혼 노트'를 작성하기로 한 것이죠. (참고로, 나는 이 정도로 찌질합니다.)

그런데 웬걸? 일 년 전은 고사하고 몇 개월 전에 분명히 있었던 아내의 만행들이 기억나지 않았습니다. 이럴 수가! 나는 기억력이 좋은 편이고, 치매에 걸리지도 않았습니다. 그런데 기억나는 것이 거의 없었습니다. 당황스러웠고 황당했습니다. 그때서야 알게 됐습니다. 상품이나 생선에만 유통기한이 있는 것이 아니라 고통에도 유통기한이 있다는 것을. 집안을 다 때려부수고 싶을 정도로 화나거나 옥상에서 뛰어내리고 싶을 정도로 분한 일도 우리가 그 때는 알지 못하는 유통기한이 있어서 그 기한이 지나면 폐기된다는 것을 깨닫게 됐습니다.

그 후로 나는 어떤 고통을 겪을 때마다 유통기한을 생각하는 버릇이 생겼습니다. "지금의 고통은 몇 분짜리 일까? 주사를 맞을 때 따끔거리는 통증처럼 금새 사라져 버리는 것이지 않을까? 아니면 몇 일짜리 일까? 일주일 뒤에도 나는 오늘 아침에 화났던 일을 기억하고 있을까? 몇 년 뒤에도 아물지 않는 고통은 평생에 몇 개나 있을까?"

설령 어떤 고통을 기억해낼 수 있다고 하더라도, 억지로 생각해야만 기억이 나는 것은 진열대가 아니라 창고 속에 처박혀 있는 제품처럼 유통기한이 지난 것이고, 이미 그 가치가 사라진 퇴물일 뿐입니다. 결국 나는, 내가 겪은 고통들의 유통기한이 의외로 길지 않을 뿐만 아니라 형편없이 짧다는 것을 인정할 수 밖에 없었습니다. 우리는 보통 '고통의 크기'에 압도 당해 '고통의 기한'에 대해서는 감각이 없지만 잠깐 숨을 돌려 유통기한을 떠올려 보면 그 고통이 조금은 우스워질 수가 있을 것입니다.

고통의 유통기한을 짧게 해준 것은 신의 자비 같습니다. 물론, 행복의 유통기한을 짧게 한 것은 신의 질투겠지만 말입니다.

돈

돈이 없을 때

한 톨의 쌀도 남아 있지 않은데 연체 독촉장은 쌓여 있을 때 알게 됩니다. 돈이 넘쳐나는 세상이 내게는 땡전 한 푼 줄 수 없다고 했을 때 알게 됩니다. 돈이 그저 돈이 아니라는 것을.

돈은 늘 나를 무시해 왔습니다. 돌고 도는 돈이 나한테 잘 돌았던 적은 없었던 것 같습니다. 돈은 가끔 나를 찾아와선 금방 가버리곤 했습니다. 돈의 안중에 나는 없는 존재나 마찬가지였죠. 물론 나도 종종 돈을 무시하기는 했습니다. 대충 번 돈을 함부로 쓰기도 했습니다. 술김에 무서움이 사라진 나는 돈이 무섭다는 사실을 무서워하지 않곤 했습니다.

돈은 항상 나를 무시했고, 나는 가끔 돈을 무시했을 뿐인데 그 돈이 이제는 험악한 사형집행인이 되어 나를 교수형에 처하려고 합니다.

곧 목이 매달릴 내가 할 수 있는 것이라곤 살려달라고 매달리는 것입니다. 죽을 목숨이 살 값이 있다는 것을 호소하는 것입니다. 돈은 목숨이라고 윽박지르는 사형집행인에게 내 목숨이 돈이라는 것을 확신시켜야 합니다.

돈 앞에서는 목숨을 내걸어야 한다는 것을 알게 됐습니다. 그래야 돈이 목숨 값을 쳐준다는 것을 깨닫게 됐습니다. 돈이 내 목숨이고, 나 자신이라는 사실을 돈이 가르쳐주었습니다.

순간

순간의 가치를 모르고 지나쳐버릴 때

'열하일기'를 쓴 조선의 실학자 박지원은 잠자리에 누웠다가 어떤 생각이 떠오르면, 바로 일어나서 촛불을 켰다고 합니다. 그리고는 옷을 갖춰 입고 책상 앞에 정좌한 뒤 벼루에 물을 따르고 먹을 갈았습니다. 종이를 펼치면서 생각을 가다듬은 뒤에야 붓을 들어 글을 쓰기 시작했습니다. 짧은 상념일 때도 있었고, 긴 논설일 때도 있었을 것입니다. 요즘 말로 그는 못 말리는 '메모광'이었습니다.

박지원이 그 번거로움과 귀찮음을 마다하지 않고 한밤중에도 부산을 떨었던 것은 순간에 대한 애착과 그 순간에 대한 불안 때문이었을 것입니다. 성냥갑에 그었을 때 확 타오르다가 금방 사그라지는 성냥불처럼, 자신이 낚아챈 순간을 놓치기가 싫었고 순간의 무엇이 사라질까 두려웠던 것이었겠죠. 그 순간은 자신도 모르게 타오르는 천재성의 불꽃일 수도 있고, 그 누구도 표현

하지 못하는 예술가의 광염光焰일 수도 있을 것입니다.

생각해보면 우리들 누구에게나 그런 찬란한 순간들이 있는 것 같습니다. 하지만 바람을 지나치듯 그 순간을 무심하게 보내버리거나, 혹은 내 것이 아닌 듯 귀찮아하며 무시해버리는 것인지도 모릅니다. 순간을 잡지 않고 놓아줌으로써 순간을 순간에 그치게 하는 것 같습니다.

순간이 짧은 것은 그것의 가치와는 무관합니다. 오히려 순간의 짧음은 순간의 가치를 역설하기도 합니다. 순간은 우리가 알지 못하는 우리와, 우리가 잘 모르는 세상이 번개 치듯 번쩍! 우리 눈앞에 나타나는 때라고 할 수 있을 것입니다. 고귀한 것은 생명이 짧은 법입니다. 우리는 그 짧음을 깔봄으로써 순간을 무가치하게 만들고 있는 것은 아닐까요?

어르신들은 인생이 순간이라고 하지만 저는 가끔 순간이 인생 같다는 생각을 합니다. 인생이 순간에 불과한 것이기도 하겠지만 한 순간이 인생을 상대할 수도 있는 것 말이죠. 도대체 순간을 빼면 인생에 뭐가 남을까요? 순간이 가치가 없다면 그 무엇이 가치가 있을까요?

내창

슬픔이 넘쳐 홍수를 이룰 때

내 고향 제주에는 '건천'乾川이 많습니다. '마른 하천'이라는 뜻의 건천은 평상시에는 물이 흐르지 않는 작은 계곡이거나 큰 도랑 쯤 됩니다. 우리는 건천을 '내창'이라고 불렀습니다.

웬만한 비가 오면 내창에는 물이 흐르지 않습니다. 비가 많이 내려야 내창에 물이 흐르기 시작합니다. 큰비가 쏟아지면 내창은 흘러 넘치기도 합니다. 보통 때 건천에 물이 흐르지 않는 것은 내창 바닥이 물이 잘 빠지는 현무암으로 이뤄졌기 때문입니다. 그런데 홍수가 나면 물이 빠지는 것보다 많은 물이 쏟아져 들어오기 때문에 내창은 물바다가 됩니다. 우리는 이를 '내창 터졌다!'고 했습니다.

살다 보면 나의 내창이 터질 때가 있습니다. 내창 터지듯, 내가 터질 때가 있는 것 같습니다. 웬만한 슬픔은 배수排水하던 내 마음이 내창 터지듯 슬픔으로 가득하고 그 슬픔이 범람합니다.

그 격렬함은 내창의 격랑에 비할 바가 아닙니다. 흙탕물이 아우성치고 쓰레기들이 둥둥 떠다닙니다. 내 내창으론 감당이 안 돼 주변까지 물길에 휩싸이게 합니다. 내창은 본분을 잊고 존재가치를 상실합니다. 내창이 부끄러움에 치를 떨어도 비는 멈추지 않습니다.

내창마저 물에 휩쓸려 갈 때쯤 돼서야 하늘의 문이 닫히고 내창의 틈이 열립니다. 내창은 다시 내창으로 돌아옵니다. 건천이 됩니다. 아, 참. 내창에는 큰물만 흘러 넘치는 것이 아닙니다. 봄이면 바위 틈에서 들꽃들이 피고 그 향기가 넘쳐납니다.

• 물이 흘러 넘치면 넘치게 놔둬도 될 것입니다. 내창이 내창인 것은 언젠가는, 혹은 종종 터지게 돼 있다는 뜻일 테니까요. 시간이 흐르면 물은 빠질 것이고, 내창은 건천으로 돌아갈 것입니다. 내창이 꽃밭이 될 것입니다. 우리에겐 다 내창이 있고 어쩌면 우리가 내창이기도 할 것입니다.

설망가

절망만 있고 희망이 안 보일 때

쉽게, 희망을 말하지 말아야 합니다. 그 말을 하기 전에 절망적인 것들을 외면하고 있다면 말입니다.

모든 게 잘 될 거라고 자신을 속이지도 말아야 합니다. 안 되고 있는 이유들과 사투를 벌이고 있지 않다면 말입니다.

때론, 좋은 말이 가장 좋지 않을 수가 있습니다. 그것은 마치 남자의 싸구려 칭찬이 그 달콤함으로 여자를 정신 잃게 만드는 것과 비슷합니다.

역설적이게도 더 절망적일수록 더 희망적일 지도 모릅니다. 절망을 두려워하지 않는 자에게만 희망이 그를 두려워하지 않는 다고 말할 수도 있을 것입니다.

순식간에 허공으로 사라지는 장미 빛 향수를 뿌려대는 것이야말로 죽음의 악취를 불러옵니다. 아군이 곧 자신을 구출하러 올 것이라는 희망을 품었던 전쟁포로들이 먼저 죽는 법입니다.

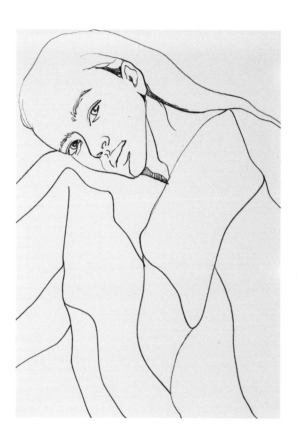

반대로, 죽을 것 같다고 말하는 자가 살 가능성이 더 높을 수 있습니다.

절망을 희망으로 바꾸기 위해선, 좀처럼 절망하지 않는 희망에 절망의 비수를 꽂아야 합니다. 희망은 그 피 웅덩이 속에서만 부활하기 때문입니다.

그래서 오늘도 나는 염세주의자처럼 절망합니다.

절망가絶望歌를 소리 높여 부릅니다.

안부 인사

서로 안부조차 묻지 않고 바쁘게 살아갈 때

안부安否 인사는 말 그대로 편안한지安, 편안하지 않은 지否를 묻
는 것입니다. 안부를 묻는 것은 관심이고 걱정입니다. 하지만 우
리는 때론 습관적으로, 때론 가식적으로 안부 인사를 건넵니다.
상대방의 대답은 관심도 없고 안부 인사는 립서비스에 불과해집
니다. 안부 인사가 이렇게 된 것은 우리가 바쁘기 때문이고, 자신
에게만 너무 바쁘기 때문인 것 같습니다.

연극 배우 김운하. 마흔 살이었던 그는 자신의 고시원 방에
들어간 지 5일 만에 숨진 채 발견됐습니다. 그 뉴스를 접한 저는
슬퍼졌고, 우울해졌습니다.

"그 5일 동안 그에게 무슨 일이 벌어졌을까? 끊을 수 없었던
가난과 떨칠 수 없었던 고독에 몸부림 치고 있을 때 그에게 우리
는 누구였고, 우리에게 그는 누구였을까? 돈과 기회를 줄 수 없
었던 우리는 그에게 줄 것이 전혀 없었을까? 우리는 그가 세상에

도움이 안 된다고 너무 일찍 단정짓고, 우리 역시 우리가 그를 도울 수 없다고 너무 쉽게 결론 내린 것은 아니었을까?" 이런 생각들이 저를 괴롭혔습니다.

만약 그가 세상을 등져가고 있던 며칠 동안 그에게 "어디야?", "요즘 어떻게 지내?", "조만간 밥 한번 먹자."라는 카톡 메시지가 왔거나, 그와 비슷한 전화가 걸려왔었다면 어떻게 되었을까요? 그 안부 인사가 식어가던 생명에 온기를 주고 절망에 한 줄기 빛을 비춰줬을 수도 있을 것입니다. 물론 안부 인사가 그로 하여금 살아갈 용기를 주고 그를 죽음의 구렁텅이에서 구해낼수 있었을 지는 모르겠습니다. 하지만 적어도 죽는 순간에 겪었을 형언할 수 없는 외로움을 조금이라도 덜어줬을 수는 있었을 것입니다. 그가 저승으로 끌려가던 마지막 며칠 동안 그에게 안부를 물어본 이들이 있었는지, 나는 알 수가 없습니다.

아무 것도 해줄 수 없을 때라도, 아니 아무 것도 해줄 수 없을 때라면 더욱, 안부를 물어야 합니다. 김운하에게도 물어야 하고 혼자 된 친구에게도 물어야 합니다. 남들에게도 물어야 하고 자신에게도 물어야 합니다. 우리는 아는 이들의 안부를 잘 묻지도 않을 뿐만 아니라 자기 자신에 대한 안부는 더더욱 묻지 않는 것 같습니다.

아침이 오면, 잘 잤니? 낮에는, 밥은 잘 먹었니? 밤에는, 오늘 하루는 어땠니? 힘이 들 때는, 어디 아픈 덴 없니? 이렇게 자신에게 자기가 안부를 물어보는 것입니다. 자기의 이름을 부르면서

물어도 좋습니다. 남들에게 안부를 묻듯이 자신에게 안부를 묻는 것입니다.

만약 남들의 안부도 묻지 않고 자신의 안부도 묻고 있지 않다면 지나치게 행복한 것입니다. 자신의 영혼이 홀로 안녕한 것이고 무심하게 편안한 것입니다. 나는 압니다. 내 영혼이 안녕하지 못할 때가 돼서야 아는 이들의 안부가 걱정됐고, 내게 안부를 묻기 시작했다는 것을.

안부 인사는 아무런 힘이 들지 않지만 놀라운 힘을 갖고 있습니다. 상대방의 현실을 바꿀 수는 없지만 마음을 바꿀 수는 있습니다. 그의 병을 고칠 수는 없지만 영혼을 위로할 수는 있습니다. 그러니 서로 안부를 물어봅시다. 무엇보다 먼저, 자신에게 안부 인사를 건네 봅시다.

특별한 것들

내 인생이 하나도 특별하지 않다고 느낄 때

우리는 자주 특별한 것들을 특별하지 않게 대하면서 별도로 특
별한 것들을 갈구합니다.

우리가 원하는 특별한 것들은 주로 특별한 물건, 특별한 장소, 특별한 시간이나 특별한 사람입니다. 제 주위의 처녀 총각들도 특별한 남자, 특별한 여자를 찾지만 제가 보기에 특별한 남자도, 특별한 여자도 없습니다. 우리는 특별이란 따로 있는 것이고 그것이 특별한 경험을 가능케 한다고 믿고 있습니다. 이 믿음이 틀린 것은 아니지만 제가 보기엔 맞는다고도 할 수 없습니다.

어머니의 얼굴, 아들의 웃음, 한 잔의 물, 순산의 바람 그리고 동전은 특별한 대접을 못 받는 특별한 것들의 일부일 뿐입니다. 나는 이 평범해 보이는 것들이 얼마나 비범한 지, 자주 경험했습니다. 비유하자면 우리는 까마귀와 다른 백로를 찾고 있지만, 어쩌면 백로는 따로 있는 것이 아니라 까마귀로 보이는 무리들 속

에 있는 것 같습니다. 제가 아는 특별함에 대한 최고의 가르침은 "물 위를 걷는 것이 기적이 아니라 땅 위를 걷는 것이 기적"이라는 중국의 잠언箴言입니다.

나는 혼자 걸을 때면 특별하지 않은 것으로부터 특별한 경험을 종종 하게 됩니다. 안 보이던 것들이 보이고, 못 느꼈던 것들을 느끼게 되고, 생각지 못했던 것들이 생각납니다. 특별하지 않은 것들이 특별해지는 것은 그 순간 내가 특별하기 때문입니다. 만약 매 순간 나를 특별하게 만들 수 있다면 내 삶은 특별한 경험의 연속일 수도 있을 것입니다. 불가능한 일도 아닙니다.

마찬가지로 특별한 경험을 특별하지 않게 만드는 것도 불가능한 일이 아닙니다. 예기지 않은 불행이나, 견딜 수 없는 고통 같은 것 말이죠. 실제로 우리는 자주 특별한 것들을 특별하지 않게 대하고 있지 않은가요?

행복총량의 법칙

행복할 때 혹은 불행할 때

목숨은 말 그대로 '목에서 쉬는 숨'을 말합니다. 우리가 숨을 거뒀다고 말하는 것은 더 이상 목에서 숨을 쉬지 않는다는 것이죠. 나 같은 얼치기 운명론자는 태어날 때 각자의 목숨이 정해져 있다고 생각합니다. 그 횟수만큼 숨을 다 쉬고 나면 죽는다고 여기는 것입니다.

행복도 그러한 것이 아닐까 합니다. 행복도 목숨의 횟수처럼 그 총량이 정해져 있는 것 말이죠. 아무리 재수가 없어도 행복의 총량이 제로인 사람은 없을 것이고, 아무리 운이 좋아도 행복의 총량이 무한인 사람도 없을 것입니다. 행복의 총량은 하늘이 이미 정해 놓았고, 우리가 할 수 있는 것은 그 총량의 분배에 살짝 간여하는 정도가 아닐까요?

초년 운이 좋다는 것은 어렸을 때 행복을 많이 쓴 것이고 나이 들면 누릴 행복이 얼마 남아있지 않게 된다는 것이겠죠. 초년

운이 나쁘다는 것은 쓸 수 있는 행복이 많이 남아 있어서 인생 말년에 행복을 더 누리게 되는 것이라고 할 수 있을 것입니다.

솔직히 행복 총량의 법칙이 맞는 지, 틀린 지는 저도 확신하지 못합니다. 그리고 누구도 그 법칙이 틀렸다고도 확언할 수도 없을 것입니다. 중요한 것은 행복 총량의 법칙이 맞느냐 틀렸느냐가 아니라 그것을 받아들일 것인가 말 것인가 입니다.

하는 일마다 되는 일이 없을 때 나는 내가 누릴 행복을 미래로 넘겨두고 있다고 생각합니다. 적금을 들듯이 행복을 저축하고 있다고 여깁니다. 반대로 하는 일마다 잘 될 때는 내가 누릴 행복을 쓰고 있고, 앞으로 누릴 행복의 양이 줄어들고 있는 것이라고 생각합니다. 마이너스 통장처럼 총액 한도 내에서 일부를 당겨 쓰고 있는 것이라고 여기는 것입니다.

그렇게 되면 불행할 때는 행복을 기대하게 되고, 행복할 때는 불행에 대비하게 됩니다. 행복 총량의 법칙은 총량이 정해져 있다고 생각하기 때문에 '운명론'이라고 할 수도 있지만, 달리 보면 자신의 운명과 더불어 살아가는 '방법론'이라고 할 수도 있습니다. 행복 총량의 '법칙'은 행복 총량의 '태도'라고 말할 수도 있을 것입니다.

만약 적금을 들고, 마이너스 통장을 개설했던 은행이 망해버리면 어떻게 하나요? 애써 모아놓은 행복, 잔고로 남아 있는 행복들은 어디서 돌려받나요? 걱정할 필요가 없습니다. 그 은행이 망한 날은 내 목숨이 다한 날이기 때문입니다.

돌아보기

갈 길은 멀고 힘이 빠질 때

산을 오르기 시작해 얼마의 시간이 흐른 뒤, 고개를 들어 위를 보면 올라갈 길이 아직도 막막합니다. 다리는 벌써 후들거리고 머리는 어질어질하기 까지 합니다. 괜히 왔나 싶은 생각이 들기도 합니다.

이 때 나는 '올라가야 할 앞'을 보는 대신 고개를 돌려 '올라온 뒤'를 보곤 합니다. 그러면 '아직도 올라갈 길이 많이 남았구나'라는 부담감이 '이만큼이나 올라왔구나'라는 성취감에 자리를 비켜줍니다. 올려다 보는 것은 방전의 위험이 있지만, 내려다 보는 것은 충전의 효과가 있습니다. 그래서 산을 잘 탄다는 것은 올라갈 길만 쳐다 보는 것이 아니라, 올라온 길을 내려다 보는 것이기도 합니다.

'이렇게 애썼는데 겨우 이것 밖에'라고 생각될 때가 많습니다. 정상頂上에 집착하기 때문입니다. 그 집착은 힘만 빠지게 합니다. 반면, '이렇게 애써서 여기까지 왔구나'라고 생각하는 것은 도정道程에 주목하는 것입니다. 그런 태도는 의욕을 불러일으키곤 합니다. 정상이 멀리 있을수록 도정을 더 사랑해야 하는 이유입니다.

뒤돌아보기라고 말해도 되고, 중간 정산이라고 해도 좋고, 성찰이라고 불러도 상관없을 것입니다. 그것을 뭐라고 부르든, 앞만 보지 않고 가끔 뒤를 보는 것은 앞만 보는 것 보다 훨씬 더 앞으로 나아갈 힘을 줄 것입니다. 그러니 앞만 보고 살지는 맙시다.

해피 엔딩

인생의 해피엔딩을 간절히 원할 때

선거에 출마하는 사람들의 공통점은 거의 예외 없이 자신이 당
선될 것이라고 믿는다는 것입니다. 그들은 마치 맹신도처럼 주
위에서 뭐라고 하든 자신이 이길 것이라는 주술에 걸려 있거나,
스스로 주문을 겁니다. 그런데 선거는 승패가 갈리고 패자가 있
기 마련입니다.

"Everything will be all right in the end." (결국에는 다 잘 될 거야.)

내 주변에서 이 말만큼 사랑 받는 말도 없고, 이 말만큼 허황
된 말도 찾기 힘듭니다. 모든 사람이 이 말을 읊조리고 있다는
사실이 이 말이 틀린 말임을 알려줍니다. 모두에게, 모든 것이 잘
될 수는 없기 때문입니다. 모두가 승리를 거두는 선거가 없는 것
과 마찬가지겠죠. 그런데 우리는 선거에 출마한 사람들처럼 모
두가 해피 엔딩을 바랍니다.

해피 엔딩을 꿈꾸는 것은 자유지만, 그 꿈은 대다수에게 악몽

이 낙타 그림이 뭔지 알아?

사막의 유목민들은 밤에 낙타를 이렇게 나무에 묶어두지.

근데 아침에 끈을 풀어. 보다시피…

그래도 낙타는 도망가지 않아.

나무에 끈이 묶인 밤을 기억하거든.

우리가 지난 상처를 기억하듯…

– 드라마 〈괜찮아 사랑이야〉 중에서

이 될 가능성이 높습니다. 비극이 만연한데 나만 그 비극에서 비껴날 것이라고 기대하는 것만큼 비극적인 것도 없을 것입니다. 새드 엔딩Sad Ending 자체 보다 슬픈 것은 해피 엔딩을 기대했는데 새드 엔딩으로 막을 내리는 것입니다.

해피 엔딩을 바랄 바에는 마이 엔딩My Ending 쪽으로 방향을 트는 것이 나을 것입니다. 행복한 결말이 아니라 나만의 결말을 추구하는 것 말입니다. 해피happy는 마이 엔딩이라는 목표를 향해 달리고 난 뒤 주어질 수도 있는 부상副賞 같은 것이라고 여기는 것이죠. 만약 내가 출발선에서 해피 엔딩을 바라지 않고 마이 엔딩을 노렸다면, 결승선이 해피 엔딩이 아니더라도 덜 새드sad하게 될 것입니다.

어차피 모든 엔딩은 해피하기도 하고 새드하기도 할 것입니다. 전적으로 해피한 엔딩도, 완전히 새드한 엔딩도 없지 않을까요? 조금 더 해피하든, 조금 덜 새드하든 결승선에서는 희비가 교차할 것이고 그런 감정은 순식간에 연소될 것입니다.

엔딩에서 결국 중요한 것은 희비가 아니라 존재입니다. 내가 나로 살아남았느냐 일 것이고, 내가 다른 나로 성장했느냐 일 것입니다.

꿈

꿈이 나를 힘들게 할때

세상에는 세 종류의 사람이 있습니다. 꿈이 없는 사람, 꿈이 있는 사람, 꿈을 꾸는 사람. 꿈이 없는 사람과 꿈이 있는 사람의 차이는 자명합니다. 꿈이 있는 사람과 꿈을 꾸는 사람이 다른 것은 전자는 마치 서랍 속의 물건처럼 꿈을 가끔 들여다보는 것이고, 후자는 숨을 쉬듯 늘 꿈을 생각하는 것입니다. 단지 꿈이 있는 사람과 항상 꿈을 꾸는 사람의 결말은 천양지차일 것입니다.

우리는 보통 달콤한 꿈을 꾸지만 안타깝게도 그 꿈은 악몽이 되기 십상입니다.

꿈이 없을 때, 꿈은 말 그대로 희망입니다. 꿈조차 못 꾸게 하면, 꿈은 밥만큼 절실해집니다. 그런데 꿈을 꾸게 되면 꿈이 없을 때의 고통을 능가하는 고통이 찾아오기도 합니다. 꿈을 포기할 수 없을 때 그 꿈이 악몽이 되는 것은 어쩌면 당연한 것일 지도 모릅니다. 물론 악몽을 꾸지 않을 방법은 있습니다. 그 꿈을 포기하

는 것입니다. 그 순간 악몽은 제 발로 사라질 테니까요.

　꿈 때문에 악몽을 꾸면서 살 것인지, 악몽 때문에 꿈을 꾸지 않고 살 것인지는 각자의 선택입니다. 다만 한가지는 확실합니다. 꿈이 절실하면 할수록, 그 꿈이 가치가 있으면 있을수록 꿈은 악몽의 숙명을 타고 태어났다는 것 말이죠. 그래서 진짜 꿈은 악몽이 아닐 수가 없습니다.

악당

악당만은 되고 싶지 않을때

악당에는 두 종류가 있습니다. '악해서' 악당인 자와 '약해서' 악
당이 된 자입니다. 저는 앞의 악당을 '악악당'이라 부르고, 뒤의
악당을 '약악당'이라고 부릅니다. 악악당이 악당의 주류고 약악
당은 비주류지만, 그 숫자는 약악당이 악악당보다 많습니다.

악악당은 폭력暴力을 무기로 사람을 괴롭히고, 약악당은 무
력無力해서 자신을 배반합니다. 무너져야 할 자들(악악당)이 무너
지지 않고 버티고 있어서 무섭고, 버텨야 할 자들(약악당)이 버티
지 못하고 무너져서 겁이 납니다. 사람들이 이렇게 되는 것은 세
상이 갈수록 사나워지고 있기 때문입니다.

사흘 굶으면 남의 집 담을 넘지 않는 자가 없다는 속담은 약
악당의 스토리입니다. 세상은 자주 약자를 악당으로 만들어왔
습니다. 흉년이 들면 약자는 둘 중 하나의 선택으로 내몰립니다.
거지가 될 것이냐, 도적이 될 것이냐? 어느덧 풍년은 전설이 됐

고, 흉년은 일상이 되고 있습니다.

"사업에 실패하고, 암에 걸린 아내와 고등학생 자녀를 둔 50대 가장이 끼니를 거르다 강도가 됐습니다. 몸에 힘이 남아 있지 않던 그는 중년 여성의 저항에 흉기를 떨어뜨렸고 곧 체포됐습니다. 생계형 범죄는 좀도둑질처럼 흔해졌습니다." (중앙일보 2015년 7월 18일자 보도 요약)

이도 저도 아닌 제3의 악당도 있습니다. 우리입니다. 악행이 사소하고, 행악이 드물어서 그렇지 악당이 아닌 것은 아닙니다. 알고 보면 우리는 약악당이기도 하고 악악당이기도 한 '하이브리드hybrid(잡종) 악당'일 수가 있습니다. 악악당으로부터는 들키지 않은 범행을 상기하게 되고, 약악당으로부터는 범행충동을 확인하기도 합니다.

악당의 종류는 두 개고, 많아 봐야 세 개지만 악당의 부모는 하나입니다. 그 부모의 이름은 무지와 탐욕입니다. 악악당을 만들어내고, 약악당을 키우는 것은 무지를 방치하고 탐욕을 조장하는 못된 세상입니다. 악당을 처벌하는 것보다 근본적인 것은 그 부모를 손보는 것이고, 세상을 바꾸는 것입니다. 우리가 악당이 되지 않으려면 말입니다.

아침

아 침 이 버 거 워 질 때

아침은 늘, 새롭지 않습니다. 밤은 끝났으나 밤이 이어지고 있기 때문입니다. 만약 아침이 새롭다고 느꼈다면 그것은 햇살에 눈이 먼 것일 뿐입니다.

어둠이 내린 후에야 멀었던 눈이 돌아옵니다. 오랜 밤이 깨어납니다. 눈부신 아침에는 보이지 않던 것들이 칠흙 같은 밤에 그 모습을 드러냅니다. 그렇기 때문에 밤은 언제나, 투명합니다.

그래서 나는 밤보다 아침을 더 좋아합니다. 투명한 밤은 절망을 부르지만, 눈먼 아침은 맹목을 가능케 하기 때문입니다.

아침마다 나는, 보이지 않는 눈으로, 부서진 갑옷을 챙겨 입습니다.

마음

마음이 아플 때

아픈데, 검사해도 아무 이상이 없으면, 병이 아닙니다. 내 친지가 그렇습니다. 몸에 힘이 없고 발이 아픈데 가는 병원마다 이상이 없다고 합니다.

아픈데, 병명이 없으면, 그것도 병이 아닙니다. 내 후배도 아프지만 류머티스도 아니고 루프스도 아니라고 합니다. 이름이 없다고 합니다.

아픈데 아무 이상이 없다고 하면 팔짝 뛸 노릇입니다. 병이 났는데도 병명조차 없다고 하면 말문이 막힙니다. 병인데 병으로 인정 못 받고, 병 대접도 못 받습니다.

우리 마음이 그런 것 같습니다. 마음이라고 이름 붙였지만 그 이름으로는 아무 것도 알 수가 없는 것이 마음입니다. 시도 때도 없이 아프지만 꼭 집어 어디가 이상한 것도 아니고, 견딜 수 없을 정도로 통증이 오기도 하지만 병명을 알 수가 없다고 합니

다. 기껏해야 한다는 소리가 스트레스랍니다. 스트레스라는 말은 모르겠다는 말과 다르지 않습니다.

이상한데도 없고, 이름이라고 할 수도 없지만 마음은 늘 아픕니다. 마음은 종 잡을 수 없고, 그 종잡을 수 없음이 병인 것 같습니다. 마음의 진짜 이름이 병이거나, 병의 예쁜 이름이 마음일지도 모르겠습니다.

채무와 채권

돈을 빌리거나 빌려줄 때

돈을 빌려줘 보면 그 사람을 알 수 있습니다. 돈을 빌릴 때는 강아지의 눈을 하고 와서는 돈을 갚아야 할 때에는 눈먼 자가 된 듯 외면하곤 합니다. 창피한 얘기지만 저도 그런 적이 있습니다. 갚을 돈이 없을 때였습니다.

돈을 빌려 보면 그 사람을 알 수 있습니다. 빌려줄 때는 아무 때나 갚아도 된다고 하고서는 느닷없이 돈을 달라고 하면서 사람을 못살게 굽니다. 고백하건대 저도 그런 적이 있습니다. 돈이 너무 필요할 때였습니다.

돈은 사람으로 하여금 그가 누구인지를 말하게 합니다. '돈이 말한다'Money talks는 서양 속담은 돈이 권력이라는 뜻이지만, 이런 뜻도 있는 것 같습니다.

종종, 돈이 말하는 나를 겪게 되는 것은 참담한 일입니다. 내 입으로 말한 나(약속)를 지키지 못할 때에는 자존이 무너집니다.

돈을 재촉하는 나를 볼 때는 존엄을 잃는 것 같습니다. 이 모두가 돈 탓이라고 둘러댈 수도 있지만, 결국은 내 탓이라는 것을 알기 때문에 도망칠 곳도 없습니다. 돈은 언제나 언행일치를 원하지만, 나는 어쩌다 언행일치를 할 뿐입니다.

돈이 나에 대해서 말하는 것을 막을 수는 없습니다. 돈은 가차없는 증인이기 때문입니다.

수요와 공급

세상이 어디부터 어긋났을까 궁금할 때

어려움에 빠진 이웃의 등을 쳐서 이익을 취하는 것은 나쁘다! 고
배웠습니다.

흉년이 들자 굶주린 사람들이 쏟아졌습니다. 목숨을 부지하
려는 사람들이 목숨을 내놓고서라도 쌀을 구하려고 했습니다.
내 쌀독의 쌀값이 금값이 됐습니다. 그들은 절규했지만 나는 웃
었습니다.

그런데 얼마 뒤에 풍년이 들었습니다. 그러자 쌀이 넘쳐났습
니다. 내 쌀독의 쌀값이 똥값이 됐습니다. 쌀을 다 팔아도 지주에
게 낼 소작료조차 마련할 수 없게 됐습니다. 쌀이 넘쳐나니 내 눈
에서 피눈물이 났습니다.

그 때서야 뭔가 잘못 됐다는 생각이 들었습니다. 쌀이 모자
랄 때는 쌀값이 떨어져야, 배고픈 자들이 쌀을 살 수가 있습니다.
쌀이 넘칠 때는 쌀값이 올라야, 나 같은 농부들이 죽지 않습니다.

그런데 세상은 거꾸로 돌아가고 있었습니다.

쌀이 모자라 백성이 아우성치면 칠수록, 쌀은 구하기가 더 힘들어집니다. 쌀이 넘쳐 농부의 한 숨이 깊어지면 깊어질수록, 쌀 값은 더 떨어집니다. 결국 어느 쪽의 곤경이든, 그 곤경이 곤경을 악화시킵니다.

우리가 살고 있는 시장경제라는 이름의 세상이 그렇고, 그 세상을 지배하고 있는 수요공급의 법칙이라는 게 그런 것입니다. 수요가 많으면 가격이 오르고, 수요가 적으면 가격이 떨어지는 것이 당연하다는 시장경제의 원리는 정상적인 것이 아니라, 이상한 것입니다.

어려움에 빠진 이웃의 등을 쳐서 이익을 취하는 것은 나쁘다고 알고 있으면서도 자신이 그렇게 행동하는 줄 모르는 것은 그렇게 하는 것이 자신이 아니라, 시장이라는 이름의 이 세상이기 때문입니다. 내 손에 피가 묻는 것이 아니라, 세상이 피를 묻히고 있기 때문입니다. 만인에 대한 만인의 약탈이 벌어지는데도 그걸 모르게 되는 것입니다. 약육강식의 수탈이 발생하고 있는데도 그것을 받아들이게 되는 것입니다.

내 탓

모든 것이 내 탓이라고 여겨질 때

자신을 탓하지 말아야 합니다. 우리는 우리를 탓할 자격이 없습니다.

지금의 나는 과거의 나고, 미래의 나는 지금의 나라는 말은 침소봉대일 뿐입니다. 맞는 것 같아 보이는데 틀린 말이기 때문에 궤변이라고 할 수 있습니다.

엄밀히 말해, 나는 나가 아닙니다. 전적으로 나인 것은 없습니다. 지금의 나도 그렇습니다. 물려받은 거, 둘러싸인 거, 어찌할 수 없는 것들이 버무려진 나이기 때문입니다. 따라서 지금의 나에는 과거의 나만이 있는 것이 아니라, 과거의 우리가 있고, 그 때 그들이 있습니다. 미래의 나도 마찬가지일 것입니다.

그러니 자신을 탓하지 말아야 합니다. '내 탓이오'는 사제들의 '오버'에 불과합니다. 전적으로 나일 수 있는 것이 있다면 신神밖에 없기 때문입니다.

만약 미래의 나를 탓하고 싶지 않다면, 미래의 나를 나와 함께 만들 사람들을 탓하는 일이 없도록 자신 뿐만 아니라 지금의 그들을 단속團束해야 합니다. 세상을 바꿔나가야 합니다.

세 가지

인생의 맛이 쓰게 느껴질 때

어느 소설가가 말했습니다. 좋은 작품을 쓰기 위해서는 세 가지를 겪어봐야 한다고 말입니다. 그것은 가난, 질병, 실연입니다.

젊어선 몰랐는데 나이를 먹으니 알게 됐습니다. 나에게 가난은 언제나 불청객이었고, 질병은 내가 키운 운명이었으며, 실연은 사랑보다 더 흔했습니다.

우리는 이 세 가지를 겪지 않으려고 발악發惡을 하지만, 이 세 가지야말로 인생의 쓴 맛이고, 씹다 보면 다른 맛이 날 지도 모릅니다.

고향

고향 생각 날 때

내 고향은 제주입니다. 나는 제주도의 작은 마을인 표선에서 나고, 그곳에서 어린 시절을 보냈습니다. 나는 압니다. 내 고향 제주가, 나의 동심이 자랐던 표선이 (적어도 나에게는) 통영보다 더 예술적이고, 더 감성적이라는 것을. 제주의 자연에는 정체불명의 예술적 향기들이, 처치곤란한 감성의 씨앗들이 도처에 있습니다.

표선초등학교 바로 앞에는 그렇게 넓고, 그렇게 시원할 수가 없는 백사장이 있습니다. 여름이면 방학 전이라도 학교가 파하기가 무섭게 친구들과 책가방을 맨 채 백사장으로 달려갔습니다. 우리는 해가 져서 서로의 얼굴이 보이지 않을 때까지 수영을 하고, 조개를 잡고, 모래를 던지며 놀곤 했습니다. 파란 바다와 흰 백사장은 우리에게 자유와 열정, 그리고 웃음을 선물로 줬습니다. 가끔씩 친구들과 백사장에 앉아서 바라보았던 파도 치는 바다는 우리 앞에 거친 세계가 있음을 알려줬고, 그 세계와 싸

위나가야 한다는 막연한 근성을 심어줬던 것 같습니다. 여름 볕에 새까맣게 탄 나를 보고 아버지께서 "너, 베트콩 (베트남 전쟁 때의 공산주의 북 베트남 군대) 이냐?"고 놀렸던 장면이 거의 반세기가 지난 지금도 생생히 기억납니다.

마을 근처에 있는 매봉과 들판에서 우리는 고무 축구공을 차고 놀았고, 지네를 잡았고, '삥이'(표준어로는 '삘기')를 뜯어 먹었습니다. 배가 고프면 밭에 있던 무를 서리해서 흙이 묻은 무 껍질을 돌에 갈아 아작아작 씹어 먹기도 했습니다. 놀다 치쳤을 때에야 우리는 자연에 한 눈을 팔았습니다. 입과 코 주변에는 검정이 묻은 채, 들판의 출렁이는 바람과 그 바람에 흔들리는 억새들을 따라 우리 가슴도 부풀어올랐습니다.

그리고 우리는 거대한 모습으로 하늘을 향해 솟아오른 한라산을 어디서든지 볼 수 있었습니다. 한라산은 '영산'靈山처럼, 우리에게 무언가를 말해주고 있는 것도 같았고, 우리에게 오라고 손짓하는 것도 같았습니다. 제주 바다가 내게 '주눅들지 말고 거침없이 살아가야 한다'고 말하는 또 다른 아버지였다면, 한라산은 '내가 너를 지켜보고 있으니 걱정하지 마라'고 눈빛으로 말해주는 뵌 적도 없는 할아버지였습니다.

내게 고향 제주는, 어린 시절을 보냈던 표선은 경제적이고 사회적인 측면에서 도시 아이들이 누릴 수 있었던 많은 것들을 주지는 못했지만, 자연만으로도 그와 비교할 수 없을 정도의 어떤 정신적인 자양분을 줬다고, 나는 생각합니다.

거친 북태평양의 넘실대는 파도와 때론 태풍으로 뒤집어지는 바다를 느끼면서, 그 섬세함에서 비교 대상을 찾을 수 없을 정도로 아름다운 들판과 마술처럼 변화무쌍한 바람을 겪으면서, 하늘과 맞서 싸우는 거인의 몸집으로 우리들에게 든든함을 주었던 한라산을 바라보면서 내 속에 무엇이 자라고 있었는지를, 나는 나이 들어서야 알 수 있었습니다. 지금 내게 그것이 얼마나 남아있는지는 잘 모르겠지만…

「이 도서의 국립중앙도서관 출판예정도서목록(CIP)은 서지정보유통지원시스템 홈페이지
(http://seoji.nl.go.kr)와 국가자료공동목록시스템(http://www.nl.go.kr/kolisnet)에서
이용하실 수 있습니다.(CIP제어번호: CIP2016011779)」

그때, 나는...
生의 순간들을 기록하다

초판발행 2016년 5월 20일

지은이   윤순환
그린이   민송아
펴낸이   김정한
책임편집   김정한
디자인   류지혜

펴낸곳   어마마마
임프린트   이불

출판등록 2010년 3월 19일 제 300-2010-35호
주소 110-034 서울특별시 종로구 효자로 9길 43 (창성동)
문의 070. 4213. 5130 (편집) 02.725.5130 (팩스)

ISBN 979-11-87361-00-8 03810
정가 13,000원

* 이불은 어마마마의 문학 전문 브랜드입니다
* 잘못된 책은 바꾸어 드립니다